www.ingramcontent.com/pod-product-compliance
Lightning Source LLC
LaVergne TN
LVHW101956220826
846093LV00007B/239

* 9 7 8 6 1 4 4 6 9 3 4 7 6 *

فونوغراف

رواية

فونوغراف

سليم بَطّي

نوفل

صدرت عام 2019 عن **نوفل**، دمغة الناشر هاشيت أنطوان

المكلّس، بناية أنطوان
ص. ب. 0656-11، رياض الصلح، 2050 1107 بيروت، لبنان
info@hachette-antoine.com
www.hachette-antoine.com
facebook.com/HachetteAntoine
instagram.com/HachetteAntoine
twitter.com/NaufalBooks

صورة الغلاف: **Ute Klaphake / Trevillion Images** ©
تصميم الداخل: **ماري تريز مرعب**
تحرير ومتابعة نشر: **رنا حايك**

ر.د.م.ك. (النسخة الورقية): 978-614-469-347-6
ر.د.م.ك. (النسخة الإلكترونية): 978-614-469-348-3

زرتُ بلدانهم ووطِئتُ منازلهم وتجرّعتُ من قِرَب أتراحهم ماءً زُعاقًا سَكَبَته السماء دمعًا ساخنًا يرثي حالهم.

قِصصهم تطاردني وكأنّها تفرِغ عليّ ذنوبًا تسلسل مِعصميّ بالخوف وتدمغ ذاكرتي بعتبٍ جصّص له مسكنًا أبديًّا في جمجمتي.

أعدتُ تدوير تفاصيلهم في رأسي المنكوب عشرات المرّات قبل أن أعتزِمَ تدوين ماضيهم الذي لم يسقط سهوًا عن ألسنتهم إلّا ليمتطي صفحاتي المنقوشة اليوم بأسمائهم وأوجاعهم وأوطانهم وسني حياتهم الضائعة في طواحين الحروب وأقبية الهجرة والتشرذُم الأسريّ.

هذا العمل هو تتمّة لسابقهِ «لن أغادر منزلي»، إذ لم تسعفني حكايةٌ يتيمة في استيعاب نكسات البشر. ما كُتب هناك أثقلني وتركني متخمًا بأحزانٍ لا تُخدّر هبّت من عرائنها أسودًا جائعة.

لم أجد مفرًّا من ورطتي تلك إلّا بتجزئة الألم إلى كتابين. فتواطأتُ والورق، لعلّ الوزر يخفّ.

«فونوغراف» ليست رواية. لن تبدأ بِقِصّة، ولن تلمح كلمة «تمّت» في ذيل صفحتها الأخيرة. لن تلتقي بأبطال ولن تشغلك

أحداث ولن تحيّرك حبكات. هذه الـ فلنقل جدلًا إنّها حكاية، لا تملك كلّ هذا، لا تملك إلّا شيئًا واحدًا...

مونودراما الوجع...

سليم

تورونتو 2018

ملحوظة غير مُهمّة:

التشابه بين ما ستقرأ وبينك،

إنّما هو من قبيل أيّ شيءٍ،

إلّا المصادفة...

إلى من وُلِدوا... وعاشوا... وماتوا في الحرب.
إلى من هُجِّروا مِن أحضان أمّهاتهم وروائح أوطانهم.
إلى من وثبوا إلى القبور وأبى التراب تكفينهم.
إلى من لا سقوف تستر خوفهم إلّا السماء الغائمة، ولا أسرّة تحتضن غصّاتهم إلّا العراء المُنهِك.
إلى من استقالوا منازلهم وتركوا خلفهم عيونًا تئنّ دمعًا.
إلى من لا تسأم الحياة درز البلاء في أجسادهم المُتعبة...
لا أهدي لكم هذا العمل لئلّا أزيد وجعًا على وجعكم.

ثلاثيّة مناسك الوصب

المنسك الأوّل

في يومٍ ما... في مكانٍ ما

ببشاشة الأصدقاء،
عانَقَ حزني فرحي...

1

«ابقَ هناك،
فلا شيء يستحقّ أن تنزل من أجله».
هاني نقشبندي (الخطيب)

الله يستعدُّ لخلقهِ وبثّهِ في حطامٍ مُفتّت لن يعشيه إلّاه.

الخطيئة الأصليّة المُصرّحة ممارستها حتّى يوم البعث ترجّه وملايين النُطف أترابه. أَدرك بخضوع أنّ الدَنَس الأوّل يختار ضحيّةً جديدة ليقدّمها قربانًا غير مقدّس على مسلخ الحياة المأثوم بالبشر.

ارتبك... حاول الاختباء خلف إخوته لعلّه يفلت من اللعنة، لكنّ جَبلَتَه أدركته والتقطته بأظافرها البتّارة.

تقُّهُ قضيبُ أحدهم بصقةً بيضاء إلى غرفةٍ كمثريّة ومظلمة تبيّن لاحقًا أنّها شيءٌ يُدعى الرحم.

هدأت الجلبة وتمّت بنود الصفقة بورقةٍ قانونيّة أصدرها الله وصادق عليها الأنبياء وباركها الرُسل ووقّعها رجال الدين وقدّموها للبشر رباطًا مقدّسًا للجنس الشرعيّ في كنف الزواج.

تبدّل المكان الذي اعتاد المكوث فيه لأدهر. وجد نفسه مُقصًى عن إخوته في حبسٍ انفراديّ ومُظلم لا عهد له به. ابتلعته غبشة غريبة لتسعة أشهر كان يتضوّر فيها ارتيابًا... لم يرد الخروج إلى حياةٍ يجهلها.

خفق قلبه بمشقّة رجل عجوز وارتجفت عيناه توجّسًا من الضوء البعيد.

«كيف سيكون؟ هل سينير دربي أم سيزيده وحشةً لا تُبرأ؟»، سأل نفسه.

كان في أحشاء أمّه بمأمنٍ من كلّ شيءٍ في الضفّة الأخرى عن زنزانة رحمها.

سمعهم الجنين يتهامسون عن أيّامٍ موبوءة بقعقعة الحروب الجشعة وأجسادٍ موشومة بشحم القتل على الهُويّة وجدرانٍ مصبوغة بنواحٍ على غيّابٍ استُلّوا من صورهم العائليّة وشُتّتوا عن أوطانهم وتركوا من فيها يرثيهم بصمت.

تحدّثوا بمسرحيّاتٍ ستائرها لا تُسدل، أبطالها السيّارات المفخّخة والقذائف والرصاص، ورعاتها ساسة منابر توضّأوا بدماء الأبرياء وعاقروا السماء بالصُلبان.

أرعبته فكرة الخروج إلى هذا الجحيم. لم يرد أن يكون جزءًا من عالمهم البشع.

في رحم أمّه لم يعرف شيئًا عن عاهات حياتهم وبداياتها ونهاياتها. لم يطالع الأخبار ولم يرعبه برزخ حروبهم العالميّة وصواريخها النوويّة الراقصة بهلوانًا في سيركٍ أحمق تربط حباله شرق كرتهم الأرضيّة بغربها.

هناك... في الجانب المنسيّ من الحياة، لم يكن ثمّة مرائب فارغة لأجران الخوف. لا هُويّة يرتاب من قرآنها أو إنجيلها، ولا جنسيّة سمراء تترك على جبينه وصمةَ تحقيرٍ وتذليل.

في رحم أمّه لم يُنعت بالهمجيّ والوحشيّ عقابًا لولادته في أرضٍ سَرَقَت – دولُ العالم الأوّل! – متاحفها وتراثها وشعوبها وتركتها في ساقية الجهل تنهق وتدور وتسقط في صفحةٍ معطوبة من تأريخٍ كتبه قلمٌ أحمق أُسكِر بحبرٍ مغشوش.

لم ينبح ليل نهار لنيلِ جنسيّة أجنبيّة بعينين زرقاوين وشعرٍ أشقر صاتها المُشرِّف يحطّم أقفالًا تكلبش العرب، أشقّاء الشقاء، الذين سيُراصفونه قنابلَ موقوتة في أقطارٍ قيل إنّها عالمٌ ثالث حَمَلَ على نسيان فلذاته في إسفنج مقاعد المنظّمات الإنسانيّة وجمعيّات الإغاثة الدوليّة حيث يتعفّن الأمل ويده مرفوعة إلى الله وورقة طلب اللجوء مُتفحّمة بين أصابعه المتحجّرة.

سيطلبون اللجوء إلى دولةٍ قاب قوسين من الجحيم لأنّهم اختاروا العيش في منجاةٍ عن الحور العين وأنهار الخمر الجارية في جنّةٍ مُلتحين ذبحوا النجمات وعلّقوا السيوف والخناجر عِوضًا منها. نصّبوا أنفسهم جيوشًا لله الذي ألبسوه بزّة عسكريّة وأنبتوا له لحيةً خشنة وخصّروه بغدّارة وأنزلوه من سابع سماء لينتقم من الكفرة.

سرقوا أرواح البشر وطرّزوها «الله أكبر»... «لا إله إلّا الله» على خرقٍ طوّبها الجهل، حفروها في السماء بسواعد الكراهية ولوّنوها سوادًا بلحاهم المُظلمة ليُذكّروننا بإيمانهم وبأنّ الله حقٌّ شرعيّ لهم وحدهم ومن عداهم فهو من سلالة الباطل.

لله الحمد أنّ إلههم أوحد لا شريك له. فلو كان لهم آخر لتحوّلت الأرض مسلخًا أضحاه لا ينقطع.

سيستقتل الجميع في الهرب من عجاجة الملتحين الذين إن لم يفلحوا في إبادة البشر فستراهم ذبحوا شجرة غير محتشمة سقطت أوراقها وتبرّج جذعها. سيُصوّبون سهامهم إلى عُصفورٍ يُحلّق بصفاقة لا يُكبّر ولا يبسمل في تغريده. ريشه الملوّن قد يُغري ذكرًا وأنثى ويصوّر لهما ليلةً حمراء تُفسق المعمورة وتُبيد الأرض.

الضحيّة لهؤلاء الهمج المُرتزقة ليست مهمّة، المهمّ أن يجد صغيرهم قبل كبيرهم أجسادًا تشغل التوابيت ليَخرس صدى من مات وليصدح في رؤوسهم المُقمّلة بالغباء أنين من ينتظر غلّته من بيعة الموت المجّاني.

رحم أمّه لفّته من كلّ جانب، تمرّغ فيها ولم يرَ شيئًا من قذارات البشر.

وفي يومٍ مغموم، ألفى ضغطًا صارمًا يدفعه نزولًا. رأى قفّازًا يُمَدّ ويتلقّفه. رفسه لكنّه صمّم في سحبه.

تعسّر خروجه. سمع صراخًا ممطوطًا. لِمَ يطرده المكان؟ ولِمَ هذه اليد اللعينة تلاحقه كعقربةٍ جائعة؟ ثمّة أخرى! تشبه الأولى كما لو كانت هي!

كان ملتحم الجسد مشتّت الغد مسحوبًا من طريقٍ ضيّقة ارتكستْ بالخوف، كالتي حُشِر فيها قبل تسعة أشهر، ربّما هي نفسها!

اتّسع الكون أمامه ثغرَ أفعى تنتظر. سُمِح له بالمرور من عَدْنٍ مغشوشة في رحم أمّه إلى جهنّم حقيقيّة في رحمٍ أكبر. وفور خروجه المُبهم من كهفه، انتعل بكاءه وهوى في جحر ورطة كنّوها «الحياة». استبين لحظتئذ ما ينتظره من كمائن.

لم يكن البكاء عشوائيًّا إذن...

انبَلَجَت دوّامته من لَدُن تلك اللحظة. مذ يومها وهو يعيش عند ناعورة ألمٍ تعاجله بالمصائب أبابيل، تُدفّقها عليه وتُيبّس حقوله.

تحوّل إلى سيزيف جديد خرج من ميثولوجيا الإغريق وتسلّق جبل الحياة حاملًا صخرة الأوجاع على جناحينِ هزيلين آملًا الوصول إلى قمّةٍ تُنهي جبروت عذاباته.

دخل الحياة كرةَ ثلجٍ ستكوّرها الهموم وستكبر كلّما هَوَت إلى قاعٍ يتلوّى بسُعار الريبة. مذ حينها وهو يبلع شهيق الشقاء وينتظر زفير الفرج.

حوّطته المناشف البِيض على عجلٍ – هل كانت فعلًا بِيضًا؟ – وحات به دبيب الدعسات المُشوِّشة وأصوات الحناجر المزعجة. صرخ فيهم جميعًا خوفًا منهم ومن ألياف قِصصٍ سمعها همسًا وشعر بها تلفّ عنقه حبلًا سرّيًّا يوم كان نزيلًا مؤقّتًا في أمّه.

ضربوه على مؤخّرته، تألّم، بكى أكثر. كانوا يُجهّزونه لاستقبال صفعات حياةٍ ساقِطة تضرب أطنابًا لا تهجع ولا تتوب ولا تُهادن. تتوعّده وكأنّها قرويٌّ يثأر لِعرضهِ.

«مبروك، ولد متل القمر!».

صاحت الممرّضة مهلّلة وكأنّها هي من حملته في بطنها. لم تقل ما قالت إلّا طمعًا بالبقشيش، فكان صوتها عُربونًا لأولى المزايدات عليه.

كفوفٌ رقيقة حملته وأخرى صلبة بـأذرعٍ مُشعرة تقاذفته بعشوائيّة أزعجته وأصابته بدُوار البشر.

أثبت والده أنّه لم يفقد رجولته بعد، وما الشعر الأبيض المُتَوِّج رأسه مبكّرًا إلّا مُشاكَسة عابرة من العُمر. البياض في قمّة الجسد لا يعني شيئًا إن كان بياضه السفليّ لم يجفّ.

2

على جبينه دُقّت البصمة. فلّحوا أرض جسده وزرعوا البذرة.

ألبسوه ثوبًا أرثوذوكسيًّا لبنانيًّا ينتمي إلى دول العالم الثالث المدفونة اليوم تحت شجرة البرتقال الأميركيّة ومن قبلها غارقة في ثفل فنجان قهوتها الإفريقي.

أرادوه أن يكون ذكرًا حانقًا على النساء متسلّطًا على الضعيف، وأن يكره البشر المسلمين وسائر المسيحيّين من الطوائف الأخرى ويعدّهم طفرةً وراثيّة نادرة لا قيمة لها إلّا افتعال المشكلات وزعزعة أمن العالم القوميّ وزيادة التلوّث وإثارة الفوضى وإرباك المجموعة الشمسيّة بدءًا بكواكبها، مرورًا بشهبها ونيازكها وصولًا إلى سمائها السابعة حيث يُزعِجون الله بخطاياهم وتضرّعاتهم غير المنتهية.

في إحدى زوايا منزلٍ ما، أمٌ لا تصمت عن الدعاء لينسى شبح الموت ابنها. أتلفت سجّادة صلاتها من السجود ليل نهار. كلّما خرج ابنها من المنزل شَعَرَت أنّه لن يعود، وكلّما سَمِعت انفجارًا تراءت لها جثّته تنزّ دمًا في سيّارة إسعاف. تصلّي لئلّا ينخرط في أحزاب مسلّحة وعصابات وقطّاع طرق وأن يدوس عتبة بيته جسدًا كاملًا كما بَزَغَته

قبل عشرين عامًا. خرج من رحمها قطعةً واحـدة، فبأيّ حقٍّ وبأيّ ناموس يعود إليها مُشلّى؟

في زاويةٍ أخرى من نفس المنزل أبٌ يلعن الله على ما ابتلاهم به. يلومه، يصرخ في وجهه ويحمّله مسؤوليّة كوارثهم.

آيات من القرآن والإنجيل تسنّ سيوفها في وجه فيالق الشتّامين المجدّفين. صراعٌ بين الإيمان بالقضاء والقدر وبين الكفر بالحال لا يهبط عن الألسن.

أزعجوا الله وجعلوه يعضّ بنان الندم على خلقهم.

***

اعتقدوا أنّ ذلك الطفل سيواظب المثول قبالة الهيكل صباح كلّ أحد وأنّه سيُقبّل يد الكاهن بعد القدّاس في كنيسةٍ تُلقم التقوى لمؤمني المعمورة الرافعين الصلوات نهارًا والمعاقرين «البلاك ليبل» ليلًا.

سيخدم، برأيهم، الربّ في مذبح الكنيسة نفسها، وسيتزوّج أرثوذوكسيّة جميلة وبيضاء بعينين عسليّتين.

خُطّط له أن يـدرس طبّ الأسنان إكمالًا لنهج والـديه، وأن يحترم حزبًا ما ويكره من يعاديه. أن ينتخب رجال سياسة رجراج أوقدوا النار تحت حروبٍ لا تنفد ذخيرتها، وسفّلوا البشر بصورٍ وإن غـادَرَت أرشيف المحطّات الإخباريّة فهي ملفوفة بجنازير الظلم مدقوقة بمساميره في صليبِ ذاكرةٍ تَلفظُ من مات قهرًا وجوعًا وتشرّدًا واستبدادًا ويُتمًا جرّاء صفقاتهم التي تستثمر الموت، سلعة الحرب الرخيصة، وتعمّر المقابر ببقايا أجسادٍ عاقّت أرواحها.

اعتقدوا أنّه سيحقد على السوريّ وسيمضغه لاجئًا غُلِب على أمره، وأنّه سيتفّه عاملًا خانعًا وسيستعلي حاجته. عليه أن يستنكف من اللغة العربيّة وألّا يقرأ إلّا الروايات الإنكليزيّة والفرنسيّة ليظنّ

ببرجوازيّة أنّك تحدّثه بآلهةٍ إغريقيّة أو بأنبياء من ديانةٍ أخرى إن تجرّأت وسألته عن جبران خليل جبران وإملي نصر الله ومي منسّى وربيع جابر.

ظنّوا أنّه سيشابههم وستتقزّز نفسه من لباس المستقدمة الإثيوبيّة وسينعتها بأبشع الأوصاف لأنّها في بورصة طبقة عائلته المخمليّة ليست إلّا قِطعة بشريّة مُغلّفة بأقمشةٍ بخسة تصيبهم ألوانها بِحَوَلٍ مؤقّت. أقمشة مشبّعة بروائح التوابل المزعجة، نفسها التوابل التي يدفعون عشرات الدولارات في مطاعمها كلّما امتطوا جولةً سياحيّة يرفّهون بها عن اختلاجات صدورهم.

هل سيستغرب من المُغترب؟ وهل سيستحقر ضروب البشرة الدكناء؟ قد يشمئزّ من المثليّين الرجال وفقًا لتربيته الدينيّة، لكنّه قطعًا سيمارس العادة السرّيّة مُستبصرًا فيلمًا إباحيًّا لفتاتين.

هل سيدافع عن قضايا خاسرة وُلِدَت وماتت قبل اقتراف قضيب والده وفرج والدته فجيعة وَهْبِ النَفَس الأوّل له؟ وهل ستجري على باله بوسطة عين الرمّانة لتسحق إنسانيّته وتخسّها كلّما التقى فلسطينيًّا؟

يجب أن يعيّر العراقيّين والسوريّين باحتضان وطنه لهم كلّما لمح طوابيرهم جمًّا غفيرًا أكثر من الطرا والثرى عند مبنى الأمّم المتّحدة والأمن العام وهي تُساق أسرى للعنةِ حروبٍ تتقيّأ سيلًا من الأيتام والأرامل.

ربّما سيندهش من المواكب المُتدافعة المناكب لهذه الكائنات الفضائيّة النازحة زرافات ووحدانًا إلى لبنان الذي كأنّه لم يلد حربًا أهليّة لن تُفطم عن الدم، ولم تُفتّته طائفيّة ولم يجتَحْه كسادٌ أو بطالة قبل نزوح العراقيّين والسوريّين إليه!

سيتفحّص عن سنواتهم المُفتّقة بالانتظار وأنفاسهم التائهة في زحمة الحروب وملامحهم المُنَوّطة بخيبةِ أقدامٍ تبكي حائرةً بين فكّي كمّاشة...

المُضيّ في دروب الهجرة المرصوفة بالأشواك والحلم ولو بتملّك مرقد عنزة آمن؟ أم العودة إلى جحر وطنٍ يُرعبه الغد لكنّ لهم فيه طاولة طعام يجلسون إليها؟

والاثنان قد يهلكانك.

الاختيار صعب... العودة إلى الهناك ومقاومة الموت، أو الهجرة إلى الهناك الآخر... ومقاومة الحياة.

وجوههم خالية إلّا من أعينٍ جوّفها الخواء تتحرّك صوب كلّ الاتّجاهات بحثًا عن وطنٍ مفقود ينتظر أن يرفع أولياء الحرب شرّ بارودهم عنه.

«أضعتُ وطني... هذه صورته. كان يرتدي بذلة السلام ويحمل إنجيلًا في يمينه وقرآنًا في يساره. هل رأيته؟ هل مرّ من هنا؟».

سيبحلق طويلًا في جثثٍ هجرت بلدانها وهي تحتضر... لكنّها لم تمت بعد.

المحنة لا تبدأ ببداية الحرب بل بعد النزوح من الوطن. بعد أن يصمت الرصاص ويُدفن الموتى في مقالم أبنائهم وطناجر زوجاتهم وضحكات رفاقهم.

حطّوا رحالهم في بيروت. ظنّوا أنّ فيروز وصباح ووديع الصافي سيستقبلونهم في المطار على أنغام دبكة بعلبكيّة وسيحملونهم إلى السان جورج. لكنّهم لم يقابلوا إلّا الوجوه المكفهرّة لظلالٍ بلا أجساد. لم يشمّوا الأكيدنيا، لم يشمّوا إلّا الروائح النتنة الملتفّة حول خصر ساحل وطنٍ منكود يفيض باللاجئين. النفايات تعزف وبيروت ترقص باحثةً عن نفسها الضائعة في وجوه السابلة والمنفيّين عن بلدانهم.

سيلعن طفل اليوم ورجل الغد حكّامًا عربًا وأجانب حظوظهم في السحاب وعقولهم في التراب، وسيحمّلهم مسؤوليّة الفواجع المعلّقة جرسَ إنـذارٍ بذَنَبِ وطنٍ لم يُشفق عليه أحد، بوّره شعبه وأعياه «عكّال» الجار قبل أن يركله الغريب بحوافر الدسائس.

دافَعوا عن لبنان لكنّ أحدهم لم يقدّم له شيئًا إلّا أصواتًا تهجّل بمن خرّب قطعة سماء نفرت منها الطيور.

سيتظاهر بوطنيّة شرسة وسيلعلع بصوت الثوّار الشعارات القوميّة المُستعملة والمنتهية الصلاحيّة. سينكح الجدران بكلماتٍ مناهِضة للحكومة وسيُحبّل الأسمنت بوعودٍ تلد الخيبات لوطنٍ قبّحه الجميع.

سيحمل لافتات المطالَبة بالحرّيّة في ساحة الشهداء، هناك... على بعد أمتارٍ قليلة من محالّ أرماني وبيربيري وفيندي حيث تشتري مذيعة نشرة أخبار الثامنة مساءً – بعد أن تَفرغ من تناول طبق الستيك في الفور سيزونز أو الميتروبول أو في أسوأ الحالات في أسواق بيروت – ملابسها لتطلّ بكامل أناقتها مستهلّةً النشرة بخبرٍ محلّيٍّ عن حادث طعنٍ في بيروت جرى في وضح النهار وعلى رؤوس أشهادٍ صوّروا بهواتفهم زوجة المطعون المنكوبة تستعطف القاتل الابتعاد عن زوجها.

هبطت العصافير من السماء وكفكفت دموع المفجوعة وبصقت في وجه المتفرّجين.

ستزفّ أيضًا أخبار مسغبة إفريقيّة وستستعرض أجسادًا نهشها انفجار سيّارة مفخّخة في مجمّع الليث التجاريّ في بغداد وأخرى هرسها انهيار المنازل في الغوطة. ستُعلِم شعوب العروبة والنخوة أنّ عهد التميمي الأنثى (ناقصة الدين والعقل!)، سلّمت أمرها لله وقرّرت الدفاع عن (مكتملي الدين والعقل)، عن أمّة عَلَّقَت الشوارب لتتصنّع

رجولةً لا تنتفض إلّا خلف شاشات الهواتف الغبيّة في غرفٍ مُبرّدة فوق أسرّة ناعمة وعلى أنغام أغنية مستوردة من بلاد حطب جهنّم كما يقول زعماء التقوى أطال الله لحاهم وقصّر جلابيبهم.

ستغصّ المذيعة من الفواجع وستتأثّر تأثّرًا شديدًا حتّى إنّ عينيها ستدمعان وستسيل كحلة الشانيل على وجنتيها المتعاطفتين ومآسي العالم. ستُسلّم دفّة القيادة إلى زميلتها الفلكيّة لترطّب الأجواء بمؤخّرتها. ستحذّر الأخيرة من عاصفةٍ ترابيّة عميلة تسلّلت إلى البلاد بجوازِ سفرٍ مُزوّر...

أكيد من سوريّة!

ستعود مذيعة النشرة من جديد لتختم الملحمة متمنّيةً للمتابعين ليلةً قمراء سعيدة...

خالية من الكوابيس!

3

انتمى ذلك الطفل، أتذكرونه؟ انتمى فور ولادته إلى عائلةٍ لم يلتقِ بها من قبل، وإلى تاريخٍ سيُدمغ فوق حفرة موته بعد سنوات. انخرط في وطنٍ غريب لا وقت له ليبلع رضابه بعد حربٍ لا تبالي ألم مخاض الشعوب لتلد سنويًا توأمًا ثانيًا وثالثًا وعاشرًا، لكنّه رغمًا عنه أحبّ ذلك الوطن وكانت هذه مصيبته البِكر.

لا أفجع من أن تحبّ وطنًا لوّثته حربٌ كاسرة تنقضّ موتًا على البشر وتشلّع أنفاسهم، ولا أتعس من العيش في مدينةٍ تموت فيها أحلامك وآمالك تباعًا. مدينة كلّ ذرّة غبار فيها تذكّرك بأناسٍ رحلوا خلسةً. منهم من مات أو هاجر، ومنهم من تخلّى عنك، فسقاك بغيابه السمّ وصيّر حياتك ركامًا.

زُجّ في أحزاب سياسيّة لا يعرفها وأصحابها واستُنسِخ تلميذًا لديانةٍ لم يؤمن بتعاليمها ومجلّدات فضيلتها غير المنتهية.

لم يعلم من قال لهم إنّه يريد أن يُغمّس المطران رأسه في حوض الماء في الكنيسة لنيل سرّ المعموديّة كما فعل يوحنّا برأس المسيح في نهر الأردن!

والدته أرادته مسيحيًّا ليس فقط لأنّها مسيحيّة، بل لأنّ أحدهم قرّر عنها أن تكون عندما وُلِـدَت، تمامًا كما سيقرّر هو عن ابنه المستقبليّ أن يحمل صليبه هودجًا للحرام والغضاضة والخوف من نار جهنّم... ويتبعه.

وهبوا له اسمًا لم يختره، ويوم قرّر استبداله بعد سنوات، ظنّوا أنّه يحاول الهرب من حكم إعدام أو من عملٍ إرهابيّ تورّط فيه، الهجوم على مركز التجارة العالميّ مثلًا أو ربّما تمويل القاعدة وداعش بالسلاح!

ولأنّه خرج من رحم أمّه مُثقلًا بزائدةٍ لحميّة ذكريّة شقأتْ من جسده وانسلّت عنه آفةً وحملًا ثقيلًا لا يُبتر ولا يُذعذَع، لطّخوا غرفة المستشفى باللون الأزرق.

لن يدرك حتّى بعد انبعاث الأموات عَلاقة هذا اللون بالذكورة وعلاقة غريمه، الزهريّ، بالأنوثة.

أشياء كُثر أخفق في استيعابها واستسلم. أن تسعى في فهم كلّ ما يدور حول هذا الكوكب المختلّ، يعني أن تسلّم نفسك إلى جنونٍ محتم.

لم يكُ بكاءً بشريًّا ذلك الصوت الهارب منه يطلبُ أمانًا فُضّت بكارته لحظة نزوحه من أمّه ولجوئه إلى الحياة، بل أنين طائر كليم يلملم ريشه ويرمح بين جبلين، الولادة والموت وما بينهما من أوديةٍ ستلوي أشداقها وتبتلعه لتعود وتستفرغه وليمةً طازجة لسياط الحياة القاسية.

من يدٍ لأخرى ومن وجهٍ لآخر كان المُفتتح، كما الخاتمة، محمولًا على أيادٍ لا يعرفها تحت وجوهٍ مخيفة بملامحَ كبار دَلَفَت إليه باسمة ومُهدهدة.

«من هذه الكائنات؟».

مُجبرًا وطأ أُسكُفّة الحياة ومُجبرًا لم يبرحها كفافًا، بل مطرودًا ومُجرّدًا من حليّ العبث. وبين ولادته وموته لحظة طويلة لن تنتهي حتّى بعد الرحيل.

«البقاء لله»، ستقولها الممرّضة إن كان محظوظًا ومات في سؤدد في مستشفى أهليٍّ أو حتّى حكوميّ. سبب الوفاة ليس مهمًّا ما دامت المِيتة على قدرٍ معقول من الوقار. أو سيقولها عامل نظافة إن صُفّ مع أرباب الحظّ السيّئ وراح ضحيّة سيّارة مفخّخة – من سيّارات فِرق طوارئ الله على الأرض – أرادت اغتيال سياسيٍّ لكنّها أخطأت الدرب وقتلت المسكين.

سيترحّم عليه العامل وسيشفق على والدته وبلائها مُلملمًا حوائجَ جسده في كيس قمامة لإعادة تدوير روحه في جسدٍ آخر ستقتله حربٌ أخرى.

للجسد الميّت في الحروب دربان اثنان لا ثالث ينافسهما، القبر أو كيس قمامة.

سيموتُ بعد حياةٍ وحِلة استغارت عليه وكفّنته بقماطه وخطّت له ضريحًا يعتلي مهده معراجًا إلى السماء، حياةٍ لم يأتِ على عَيشها إلّا لِمام أوجاعٍ دبّجته وغيّمت فوق رأسه المُنكّس.

سيذرفون عليه أرتال حزنٍ، أو ربّما فرحٍ.

سيصلّون لراحة نفسهِ الصلاوات المسيحيّة وسيحفرون الصليب في مرمر قبره. لم يكتفوا بقولبته حيًّا، بل سيبوّبونه ميّتًا يخضع لشعائرِ خضوعٍ لا تتغيّر دساتيرها. وبين شاهدة قبره صليبها يناجي...«بسم الآب والابن والروح القدس الإله الواحد آمين... يرقد هنا على رجاء القيامة والحياة الأبديّة المأسوف عليه س.ب...»، وشاهدة أخرى فوق قبرٍ مُحجّب تُعلن... «بسم الله الرحمن الرحيم...

انتقل إلى جوار ربّه المغفور له بإذنه تعالى....»، حكاية عنصريّة لن تنتهي ولن تتلاقى.

يومها سيضحك منهم جميعًا، سيضحك من الجميع وأوّلهم هو...

سيستضحك كثيرًا لأنّه سيكتشف أنّ الموت ليس مرعبًا كما قالوا له.

الحياة أكثر رعبًا.

هذا أنا وهذه أولى حكاياتي،
حكاية البصقة التي كنت...

المنسك الثاني

أيّامُ مُعبّدة بالحَيرة

يرحلون...

ويتركوننا عبيدًا مُكبّلين بجنازير استرقاق شوقنا لرؤيتهم...

1

«زمنٌ طويل مَرَّ...
وأنا لا أعرف كيف أتنفّس».

ربيع جابر (الاعترافات)

بيروت، الأشرفيّة – ليلة رأس السنة 2015

نُحدّق إلى صورهم، نعانق ظلالهم، ونتشمّم روائحهم المردومة في خيوطِ شالٍ تعيس تناسوه مُعلّقًا على مشجب اللهفة، ورحلوا.

ليس الحنين إلّا إرهابًا يُمارسه الغائبون في حقّنا، وجيوشًا زاحفةً إلى معركةٍ فَظّة نخسر فيها أنفسنا وينتصر منّا الآفلون.

هو غيبوبة حزنٍ لا إفاقة منها. عُمرٌ مهدور في جَيبِ قَدَرٍ قرّر، دون سابق إنذار وبمنتهى السفاهة، حرماننا وجوهًا نقلّبها في حاضرٍ كحّله سوادٌ مُدلهِمّ.

نذرف حنيننا لأحياءٍ أقصتهم الظروف وزوتهم في ركنٍ بعيد عنّا. نُهرِقه ربّما لأمواتٍ استغنت الأرض عن خدمتهم وأرشفتهم في أضابير المقابر.

أمّا أنا، فمِن ديدَني أن أشتاق ما لا يضيع.

أشتاق الجدران والشوارع وكأنّ لي فيها نَسَبًا. أشتاق ضحكةً منسيّة أودعتُها في رحم حزني ومضيت. أشتاق الأصوات، وكم هي مخيفة أصواتهم المُحتجِبة الأجساد.

أعارك الأمس المهزوم لنزع بقايا شذراتهم منه لعلّني أطابق الصوت على الصورة وأستكمل رسمَ ما مزّق شحوب الفراق ألوانه.

ذاكرتي لا تنفكّ تعمّر منزلًا رخوًا آيلًا للانبطاح على جمجمتي. منزلًا وُلِدتُ بين أضلعه وتركته طفلًا نحيلًا كعود قصب يلطّخ جُدُرَ غَدِه بأقلام الأمل الأعمى.

أردتُه غدًا مُلوّنًا، فعجّ القدر بالتلبية وكان لي ما بَغيت. لُوِّنت حياتي بعد مغادرتي منزلي بعاصفةٍ سوداء حملتني ريشةً يتيمة الجناح وتركت لهَبّات الأمس حقّ تقرير مصيري المُضرَم.

فويحي كيف احتملتُ المصاب...

***

إنّها ليلة رأس السنة وأنا لا أزال في القاع أغرق.

المفرقعات تُبحر خلف نوافذي المغلقة وتُزبّد خيمة الله بالنار وأنا أقلع حدقتيّ لئلّا أرى، وأصمّ أذنيّ لئلّا أسمع.

في الخارج يحتفلون بالعام الجديد، يشربون نخبه ويتلمّظون. ينزلون الشوارع ضاحكين. يستهترون بأحزانِ من لا رؤوس لسنواتهم الممسوخة.

يرتدون أقنعةً تخفي السواد خلف ألوانها المُبهرجة ويطلقون زعيقًا معتوهًا لا أفهمه.

«وأنا بماذا أحتفل؟»، أسأل نفسي المبتورة.

لا هدايا تُرسَل إليّ من غائب. رَحَلَت من أقنعتني يومًا بأن أنسى نافذتي مواربة ليلة الميلاد فيجد بابا نويل فسحةً سماويّة يخشّ منها

غرفتي وأخي ويترك لنا هدايا العيد تحت وسائدنا المنقوشة بأحلام الغد المستلقية عند الشجرة الباسقة في صالة الجلوس.

رَحَلَت من أوصتني أن أشرب الكثير من الماء وأن أصلّي قبل النوم وألّا أتحدّث في أثناء تناول الطعام لأنّ الملائكة تجالسنا وتأكل معنا.

أتذكّرها جالسةً إلى طاولةٍ رماديّة في المطبخ وصوت فيروز يصدح من مُسجّلها الصغير... «الطفلُ في المغارة وأمّه مريم وجهان يبكيان»...

لا تزال تلك الترنيمة وشمًا في أذنيّ.

تنثر الدقيق وترقّ العجين لتصنع كعك السمسم ومعمول التمر والجوز والفستق. ترنّم مع فيروز وأنا أدور حولها متلعثمًا بكلمات الترتيلة وفمي يبكي لعاب اشتياقي لحلويات العيد.

أطالع ما تفعل بنصف وجهي العلوي، واقفًا على رؤوس أصابعي متكمّشًا بسطح طاولةٍ أطول منّي. أنفي محجوب تحتها وعيناي تلتهمان العجين من حوافها.

تخبز الكعك، أو «الكحك» كما كنتُ أسمّيه، وتتركني متسمّرًا قبالة الفرن طفلًا ينتظرُ جدّته أن تلد له أخًا.

اليوم أصبح الفرن فارغًا من الحلويات، والشجرة التي توسّطت منزلي وحملت أمنياتي بين فروعها هرمت وماتت وتركتني جذعًا مبتورًا منها.

لا أوراق زينة ملوّنة تمتدّ من السقفِ إلى السقفِ لتفضّ اشتباكي بسوادٍ مُكرّكٍ عليّ يُفقّس كلّ يومٍ أوجاعًا عِجابًا ثاوية في أعماقي، حفظتها غيبًا ولم أعد بحاجةٍ إلى ذاكرتي لأسترجع تفصيلاتها.

كنتُ أنتظر عيد الميلاد لأتسلّق الدرج الحديديّ المتحرّك وأعلّق نجمًا ذهبيًّا في قمّة الشجرة. لم أشاركها وأخي في تزيين

المكان. اعتدتُ انتظار أن تنتهي مراسم وضع الشجرة في واحد من أجناب المنزل وتعليق الكرات المتبلورة بألوان الزبرجد على أطراف أغصانها لأتوجّه إلى المطبخ، أسحب الدرج إلى الصالة، أتسلّقه وأعلّق النجم. كان هذا طقسي الوحيد في عيد الميلاد.

أقفُ قبالة الشجرة وأشعر أنّ العالم بخير.

أترك الأمس البعيد الزائل قبل سنواتٍ أنافت على العشرين وأعود إلى الحاضر. أغلق ستائرَ جَدَلت غرفتي بالهموم. أُطفئ الأضواء وأحتفل بوحدتي الأزليّة الملكوت.

عامٌ جديد يجادلني ويجرّني إلى جبلٍ شهِد انكساراتي ليُطلعني على سِفر رؤيتي الجديد. أخذني من تلابيبي وسحبني كمن يُعاقِب مجرمًا قصاصه الحكم المؤبّد بالحياة.

يلجّ العام الجديد في قتالي ويهمس في أذني صوتَ مومس متمرّسة تسوّل لي الدرك بها إلى اللظى.

أمتنع... أقاوم، ولا فائدة فالسيف قد سبق العَذلَ.

عامٌ آخَر أصلّي أن يكون آخِرًا يناحرني للعيش في صُرّةِ أيّامٍ لن يرمّدها النسيان. لن يستعفيني القدر السمعمع من هذا الاستحقاق. مُكرهًا سأعيش سنةً أخرى، أنا القابع في ديمومة الموت اليومي.

«سأعيش سنةً أخرى»، ردّدتُ في قرارة نفسي وأنا أقترئ سماءً ارتدت ثوب الحِداد واغرورقت بالأنجمِ دموعًا.

أغادر غرفتي وأقود جسدي المنخور والمتخاذل كساعةٍ عتيقة الزنبرك إلى غرفةِ جلوسٍ زاهمتُها لأقتعد العزلة والوجوم.

هذه الغرفة هي عقابٌ ليّ. كلّ ما فيها يجرّني إلى الماضي العطن.

خَمَّرَت بقاياهم أركان المكان. منضدة أتعبها ثقل غياب أصحاب الصور المدفونة في خشبها، تلملم ألوان ثيابهم المتناثرة

عليها وتحمّض أشرطة الماضي بعتمة الحنين لعلّ أحدهم يخرج من إطارٍ كفّنهم بالغياب ويكنس غبارًا واراهم في الفراق.

أتبتّل إلى الله لأنّ الزمن لم يفلح في السطو على إرثها لي. أريكتها الخضراء الموشّاة بطيفها وشالها الصوفيّ المُعتّق برائحةٍ لم تتلفّع يومًا بعثّة النسيان، وعلبتها السوداء الحزينة وكأنّها في مأتم. لا موسيقى تصدح منها ولا دمية تدور على وقع أنغامها.

ما سبب بقاء الذكرى بعد رحيل أصحابها؟ لِمَ لا تتبخّر أنفاسهم من صورنا معهم؟ يدفنون الجسد؟! والذكرى، من يتكفّل بوجعها الذي يجيد العويل في صدورنا؟ والرائحة المشنوقة في غورنا، من يحرّرنا منها؟

وجوههم مصبوبة في صورٍ معلّقة إلى حائطٍ غزته رطوبة تخبرني كلّ صباح أنّ الجدران أيضًا تبكي اشتياقها الراحلين.

يا ترى ما كان سبب ابتساماتها العريضة في تلك الصورة غير الملوّنة المُراصفة باب الشرفة المُستطير الشقوق؟

فجأة، وأنا أتأمّل الصورة، أنتبهُ إلى أنّ جدّتي المتهدّلة الجسد والكاسفة الوجه والمفتورة القِوى تجالس نفسها في الشرفة محاطةً بأسمالها الباهتة كلوحةٍ تجريديّة تراكمت الأوجاع عليها ألوانًا. تضحك وتبكي، تبتسم وتعبس كأنّها أضواء شجرة ميلاد فَقَدَت ظلّها.

تنظرُ إلى البعيد، إلى ما وراء البنايات الراشحة أعمارًا لغّمها انتظار غائبين سخر الموت منهم ولفّهم في عباءته أجنّةً لن تُخلق. تنظرُ إلى أحجارٍ اعتنقت أصواتًا مضت في دروب الحرب المغلقة ولن ترجع.

الحرب تضحك وجدّتي تبكي...

تسعد الحرب عندما يعتصم الموت في الساحات ويعلن انقلابه على الحياة. تستأنس كلّما قيّدت غدًا وشنقت إنسانًا تتركه مُعلّقًا بين

أرضٍ تبرّأت منه وسماءٍ تصفق أبوابها في وجهه. تشرئبّ وتلقي عينها صوب حياتنا لعلّها تستدلّ على غدٍ تفترسه وتطمر شهوته. تنتشي عندما تُصادر بسمة طفل، تزدهي بنفسها وهي تُقوّس ظهر أبٍ وتحلج فرحة أمٍّ تحوّلها بمداميك الموت من زغردةٍ بعرس ابنها إلى نحيبٍ في دفنهِ. تشعر بالنصر وهي تجنّد أمل شابٍّ بالغد غصّةً مطيعةً في وحداتها العسكريّة لتعود وتزرعها في قارعة الخوف، فتُدخِل فسيلة عمره في شيخوخة مبكّرة.

جدّتي المُصبّرة تنتظر الحمام الأبيض وأغصان الزيتون ولا تعلم أنّ وعود السلام ما هي إلّا تنفّسٌ اصطناعيّ لميّت وصلاة بائسة في قلبِ مُلحد.

جدّتي لا تعلم أنّ انتظار السلام في البلدان العربيّة لا يختلف كثيرًا عن انتظار أحدهم أن يوزّع أسامة بن لادن الورود في عيد الحبّ، أو أن يهدهد أرئيل شارون، عميد مجزرة صبرا وشاتيلا، وليدًا فلسطينيًّا، أو مثلًا انتظار أن تعتذر إيران عن قصف مدرسة بلاط الشهداء إبّان الحرب العراقيّة الإيرانيّة في عام 1987 وقتل طلبتها الأطفال.

سلام القادة مخادع ومنافق يا جدّتي...

يربضُ في السماء شمسًا تصلت أذرعها علينا لتصهدنا لا لتدفّئنا. تُلثّم صباحاتنا بتواشيح الليل الكئيب المندسّ خلف ابتسامة القمر الصفراء، وتسخر منّا كعصافيرَ نَسَروها واقتلعوا حناجرها قبل تعلّمها الزقزقة. قصّوا أجنحتها وجذروها عن سمائها وصفّدوها في غيمةٍ كئيبة تتبوّل خوف الأحياء من الغد وخوف الأموات من الأمس.

«أين أولادي العصافير؟»، تسأل السماء.

«في مَعِدتي»، تجيب الأرض.

***

بنايات بيروت القديمة تستعطف المارّة الابتعاد عن الحروب، فرصاص الماضي المحفور في جدرانها البائسة والخائفة من شررٍ طفيف قد يستحيل حربَ عقود تغضّنها قيحًا.

أمّا ناطحات السحاب النوفوريش السامقة والمغترّة بألوانها الفوضويّة فلا تملّ العبث بذكريات بيروت واستفزاز أحجار قديمة عاصرت الرصاص والمذابح وحروب شوارع قيّرت الوطن بالموت. لكنّ تلك الأحجار، رغم كلّ شيء، ما زالت تدافع عن روائحها الناجية من فكوك الحاضر المُخزي.

بأيّ حقّ ينتصب هذا البرج المتعجرف في شارع السوديكو عند الحدّ الفاصل بين حياتَين، بيروت الشرقيّة السافرة وشقيقتها الغربيّة المُحجّبة. شقيقتان من نفس الأب والأمّ، لبنان وبيروت، استحالتا عدوّتين لدودتين في ليلةٍ بلا ضحى؟

بأيّ حقّ يحتلّ هذا البرج العصريّ مساحةً من تاريخ الشارع وذاكرته وهو لم يذق شيئًا من مرارة العُبوّات الناسفة المُمزِّقة أرصفته؟ لِمَ يراقب صباحات المارّة وأمسياتهم تحت سماءٍ كانت في قديمِ زمانٍ غابر آمنة؟ لِمَ يرتفع متعاليًا على الأبنية القديمة وهو لم ترعبه يومًا، كما أرعبتهم، نظرةٌ سقطت سهوًا عن مترجّلٍ حمل الوطن قنبلةً قتل بها بشير الجميّل. لِمَ يتطفّل على أمس الشارع العتيق ويفخر بقوامه المنحوت وزجاجه المنقوش ومدخله الأنيق ويُخرج لسانه ساخرًا من أبنيةٍ قزمة تتهامس سرًّا خوفًا من هذا المستطرِق المُحتسي قهوته شهريارًا بين الغيمات الجواري؟

أبنية أخرى طالتها عمليّات التجميل تستهزئ بقِطعةٍ زرقاء كُتِب عليها بحروفٍ بيض «شارع ذو طابع أثري».

هذه الأبنية الجبانة خانت وجع بيروت الجالّ عن الحصر. نفضت عنها غبار من قَطَنها وضحك وبكى في جوفها. تبرّجت للحياة بثوب المحالّ التجاريّة والسلع الأجنبيّة والأضواء الصارخة.

عالمٌ من حديد يغلق عين السماء ويكمّم فم الأسمنت القديم كلّما همّ بالحديث عن أوجاعه لِمَن لم تغطّس الحرب رأسهم في نهر الدم لتعمّد طفولتهم بثالوث الحرب غير المقدّس، الخوف والحزن والموت...

وصوتٌ من السماء يقول: (هذا هو ابني الجديد الذي به سأُفجع).

لكنّ الروح القدس في هذه القِصّة مختلف عن روايات التلاميذ الأربعة، فهو لم يتجسّد بهيئة حمامة... بل رصاصة.

علم لبنان أكثر أصالةً وأشدّ وفاءً من الأبنية فهو لا يزال ملتصقًا بمونديالات إخفاقاتنا. يمارس كوريغرافيّة مزدوجة، فتارة تراه يغنّي ويرقص في مهرجانات عيش الأشرفيّة وجونية وأعياد بيروت، وتارة تلمحه يبكي ويلطم في مسجد رفيق الحريري وكنيسة مار مارون ونياح السيّدة ويكاد الهمّ يمزّق رتوق جسده. حينًا يتظاهر بشراسة في ساحة النجمة وحينًا آخرَ يعتصم بهدوء عند مبنى الأونروا.

أراه من شرفتي يرفرف في ساحة ساسين. هل يرفرف فرحًا أم قلقًا من – أو ربّما على – بيروت؟

بيروت مدينةٌ تتأقلم وكآبة الرجل العجوز الملتصق بكرسيّه منذ سنوات يطالع المارّة باحثًا عن أفراحه المنسيّة. كلّما ازداد ضجيج الشارع هدأت الفوضى في رأسه. لا تثيره أرداف النساء المتراقصة ولا صدورهنّ العارية. لكنّه ما زال يكترث لصوت الرصاص وسيّارات الإسعاف.

«قتلوا الحريري؟»، يسأل.

بيروت تنصت لأحزان العجوز المكلوب. تشطر بصرها عنه لتأخذ نفسًا عميقًا فتُفجع ببلايا العوائل النازحة إليها من سوريّة والعراق. تُطبطب عليهم وتُسكِت فوضى الأغاني الهاربة من بوسطة عين الرمّانة لينام الرضيع ويحلم ببلدٍ تُسيّجه أشجار اللوز والليمون حيث لا بواريد تغتال الطفولة فيه.

مدينة تضحك وتئنّ في آنٍ واحد. تكدح في المدينة الرياضيّة صباحًا وتسكر في الداون تاون ليلًا. تجوع على أرصفة الدورة وتأكل الكافيار في الزيتونة. تتحجّب في الضاحية الجنوبيّة وتكشف عن ساقيها في الحمرا. تصلّي ركعتين في الكولا وترفع الصلوات في زياح تمثال العذراء في فرن الشبّاك والأشرفيّة.

في هذه العاصمة يمكنك بلوغ أيّ مكان دون الحاجة لدليلٍ سياحيّ. سيقودك تكبير الجوامع إلى حيث تريد، وإن ضعتَ بين الصلوات الخمس، ينقذك جرس كنيسة ما من تيهك. لكنّك لن تضيع في مدينة يمسكك بحرها من يدك ويُملي عليك أبجديّة الطريق. كن مطمئنًّا فالبنايات ستراقبك بعناية إلهيّة وستدعوك جدرانها لاحتساء الشاي معها...

ستحكي لك الكثير عنها.

ستتلقّفك الأشجار إن أسقطتك قنبلة لم تنفجر بعد، زُرِعت في حربٍ أهليّة – لا نعلم متى ستبلغ أرذل العمر – فَرَضَت الخوف ووطّدت أركانه ترنيمةَ رعبٍ تُبخّر الموت في محبسة مار شربل الكبيرة... لبنان.

ستهرع صوبك العصافير والأرصفة وأعمدة الإضاءة وتنفض عنك غبار الألم.

أمّا عَلَمَنا المسكين فلا يعطف عليه أحد. يُقاقي ولا يلاقي، يتحمّل وحيدًا صراعات ثماني عشرة طائفة تتقاتل بالعربيّة والإنكليزيّة والفرنسيّة والأرمنيّة والسريانيّة والكلدانيّة.

أُسِر في قصر بعبدا ولم يحرّره أحد. لِمَ لم يطلقوا سراحه؟ حَرِّروه، إن عاد إلى ساريته بإرادته فهو لنا، وإن لم يفعل... فنحن لا نستحقّه. وعندها، بنا إعادة الأرزة التي تغالب الموت إلى أرضها بين صويحباتها وإقناع شجرة أخرى، السرو ربّما، لنلجمها في جزلة قماش - يا حبّذا لو كانت ماركة - ونسمّيها «العلم». وبنا أيضًا إعادة نهرَيْ الدم إلى عروق من ضحّى بحياته في سبيل أن يحيا اللصوص في منازلَ أفخم ومزارعَ أعرض.

بنا أن نبحث عن علمٍ جديد له طاقة لحمل خيباتنا.

إن تبرّى منّا فسنصبح بلا علم،

ومن ليس له علم... ليس له كرامة.

2

تخطو جدّتي نحو الدرابزين بتثاقل. تبحلق في الشوارع المدعوقة بخوف الأرجل من خطوةٍ قد تكون الأخيرة على الأرض والأولى في القبر. تحرّك يدها وتمرّر سلامًا لا يلتقطه أحد.

ترفع عينيها إلى القمر المتكسّر في السماء وتصرخ سدًى. لا يسمعها أحد، حتّى نفسها لا تسمعها. لا تسمع إلّا صرخة زوجها، جدّي، يزور سريرهما، ما كان سريرهما، ليطمئنّ على وسادته.

هل ما زالت الوسادة كما تركها قبل سنوات تسهدُ على همسات عشقهما أم احتضنت رأس رجلٍ آخر؟

غزاه القلق على حبيبته فعاد بصوته المُجرّح باركًا قبالتها ليسامرها ويعاجلها بأسئلةٍ مُشرئبّة عن حالها وحال ولديهما.

جدّتي تقول إنّ للأموات قبورًا، وفي المقبرة لا شاهدة تحمل اسم جدّي فهو لم يمت بعد.

تُجعّد ملاءة السرير من جهة حبيبها الراحل لتُقنع نفسها بأنّه أمضى دياجير الليل الأبكم مستلقيًا عن يمينها. تمدّ يدها ناحيته، تمرّرها بخفّة وكأنّها تمسّد شيئًا. تبتسم ثمّ تعانق شبح جسدٍ لن يعود... وتنام.

«طوّلت غيبتك يا أليفتيريياديس...».

جدّتي تناجي... لكنّها لا تسمع إلّا صوته آتيًا من البعيد، من يومٍ لن يُلبسه الزمن ثوب النسيان. تسمعُ صوته المسكوب في عينيها المُرنّقتين مغادرًا المنزل.

يومها كان طوفان الموت في لبنان يجزّ البشر بلا هوادة كما يجزّون بلح النخيل... يوم فتح الحقد حنفيّاته ولم يغلقها.

لم يكُ أمرًا غريبًا اختفاء أحدهم بلا سبب فقط لأنّه ابتعد عشرة أمتار عن منزله ليشتري قنّينة مياه ووجد نفسه يمشي على شفا حفرة من الموت في مِنطقةٍ يحكمها إلهٌ مختلف. كان من الطبيعي أن تغادر دارَتَك صباحًا ولا تعود، أو تعود خبرًا عاجلًا في محطّةٍ إعلاميّة تدعمها براميل النفط، أو ربّما تعود «ورقة نعوة» تُعلّق قبالة حديقة كنت تقابل حبيبتك عندها. سترحل قبل أن تكتب أوّل حَرفَين في اسميكما داخل قلبٍ كنتَ قد رسمته البارحة على جدارٍ سيبكيك وسيشتاق اتّكاء ظهرك إليه.

أحالت الحرب لبنان حائطَ مبكى لا تُعرف بدايته من نهايته.

لو أحسّتْ جدّتي أنّها آخر مرّة يُصافح فيها وجهها وجه زوجها لارتمت في حضنه وخزّنت أنفاسه في صدرها لتستنشقها في الباقي من عمرها بعده. لسرقت الكلمات من عينيه السوداوين وزرعتها في أصيصها لتُنبت نظراته وتضبأ إليها بعد غيابٍ ما بعده إياب.

جدّتي لا تتحسّس إلّا قُبلته الأخيرة على خدّها.

«انتبهي عحالِك».

«إنتَ اللّي لازم تنتبه عحالَك، مش أنا».

«كِلّ ما إنتِ بخير أنا بخير».

أمّنها على نفسها ورحل، تقاعد من الحياة لأنّ الحرب قرّرت عنّه أنّه لم يعد صالحًا للعيش. ودّعها وغادر، وهي تنتظرُ غائبًا لن يعود، فالراحل بإرادة الموت، لن يعود بإرادة الحياة.

هكذا هي الحرب، تُجيد اختيار طرائدها بسلطويّة وقسوة وجور.

مرّ وقتٌ طويل وهي تلقي سمعها وبصرها وبصيرتها إلى باب غرفتهما متعطّشةً إلى رائحة حبيبها الشارد في قحول الحرب الأهليّة.

كم هي موجعة الأبواب المُقفلة،
لا تأبه بالمنتظرين أمامها ولا بالتائهين خلفها...

3

تهدأ جدّتي قليلًا لتتسنّى لها ممارسة وحدتها بعبقريّة أنيقة.

انتقمَ العمر من جسدها جهارًا ودَوزَن أوتار التجاعيد في جلدها بحرفيّة قائد أوركسترا يحرّك خمسين آلة برجفة إصبعه.

ثقْل الأيّـام شطّب جبينها وحـزنٌ مكين زركش وجهها بحفرٍ وأدغالٍ تروي قِصصًا ظِماء.

كلّ حفرة تحكي صراعًا مختلفًا مع الحياة... تـروي الخوف في غيابِ زوجٍ مخطوف وتفاصيل حربٍ ودّت الموت... استعرت في حافلة، في شارعٍ صغير، وامتدّت قرص شوك على رأس لبنان المفجوع والمصلوب في جلجثة.

لكنّنا لم نعلم من هو بيلاطس البُنطي الذي عاقب لبنان وأمر بصلبه.

جدّتي تـروي خوفها من أن تسمع صريفًا يُعلن: «زوجـكِ في ثلّاجة مستشفى أوتيل ديو، وجدناه مقتولًا مرميّةً جثّته في مزبلة. عليكم تسلّمها اليوم فالمستشفى مزدحم بالموتى».

أصبحت طرقة الباب صيوان عزاء يُنصب قبل الموت ويشرّع الدفّات لاستقبال الفجيعة.

«ما حدا يفتح الباب»، حذّرتني وأخي وكأنّها ترتابُ شخصًا منضويًا في راية نبأ الموت، موت جدّي المفقود منذ سنوات.

تعلم أنّ حبيبها ميّت وأنّ دود الأرض التهم جسده وترك عظامه عارية من لمساتها في بقعةٍ ما من هذا الخراء...

لكن شتّان ما نعلم... وما نتمنّى.

رحل جدّي...

من يومها وجدّتي لا تصنع عجّة البطاطا التي كان يحبّ.

من يومها وهي ترتدي ابتسامة الحِداد،

وأنا أبكي اشتياقي عجّة البطاطا.

***

أراقبها من مقعدي البعيد المجعّد.

كلّ شيء هنا مجعّد بذكرياتٍ رعناء فصّلتها مقاسات حزنٍ لا تُخطئ.

كلّما التفتت إليّ أشحتُ نظري عنها وشطرتُه لئلّا تلاحظ فضولي الزائغ بها في مكانٍ ينزّ سوادًا يُسخّم عالمي... ولا ينقشع.

الشُرفة مُحاصرة بأعقاب سجائرها وأعواد الكبريت المحترقة وغير المستعملة. بدت المساحة قبالتها مقبرةً جماعيّة من جبّانات الحربين العالميّتين.

مجزرة بكلّ تفاصيلها...

سيلٌ من جثث أعقاب السجائر يهرول من فمها إلى الأرض، وأسلحة أعواد الثقاب تتساقط من يدها بعبث المدمنين. شررٌ دائخ يتطاير من فوهات سجائرها وأدخنة ضلّت الطريق الوعثة.

تُحرّك إصبعها المُتعَب في الهواء وترسم بالأدخنة يومًا عاشته قبل عقود، يوم كانت تلتفّ بذراع زوجها وشاحًا يقيها نسمة هواء باردة تتطفّل على دفئهما.

تبتسم لما خلقَت من دخانٍ مذعور، وتتذكّر. يتلاشى الدخان في ثوانٍ قلال آخذًا معه ما بقي من أسلاف أيّامها. تقطّب وجهها الطاعن في الغضون، تسند كفّها الأخرى الصائمة عن حمل السجائر إلى ركبتها. تحرّك رأسها صعودًا ونزولًا كمن يسمع حديثًا ومكرهًا يؤيّده.

كانت أسيرةً ماثلةً في حضرة الحرب، العدوّ الذي لا تمسّ مفاتيحه أبواب الرحمة.

يدها لا تفتأ تهتزّ. كلّما همّت بإخراج عود ثقاب من العلبة خرجتْ معه عشرة أعواد. ولأنّ الحيل مهدود، كما تقول دائمًا، لم يسعفها ظهرها المتحجّر للانحناء كي تلتقط ما انتثر منها.

تترك مخلّفات معركتها وتنسحب من الشرفة ببطءٍ كئيب. أهمّ بإغاثتها لكنّها ترفض صارخةً: «أنا أقوى منّك. شو مفكّرني ختيرت؟». أتراجع إلى مقعدي، أجلس داحسًا كفّيّ بين فخذيّ كمن ينقّب عن بقعةٍ دافئة في جبل جليد، وأنتظر.

تدخل لتستحمّ. أقتفي صوتها يصلصل...

– «لَك هالدوش ليه عم يبكي، وين إمّه؟ حدا يعيّط على إمّه... بيخلفه وبيكبّه على هالطريق!».

بعد غسقٍ طويل وما يليه من ساعاتِ ليلٍ بهيم لا يُرضِخ النوم، أترك فراشي، مُسامر كوابيسي، وأدخل غرفتها.

أفتح الباب وأبتلع صريره لئلّا يُفزعها. صارت تجفل حتّى من انعكاس وجهها في المرآة ومن ظلّها إن قفز أمامها على حين غفلةٍ.

أتقرّب منها بحذر. أجثو على ركبتيّ بمحاذاة سريرها الخشبيّ المُبعثر الأغطية. جسدها جثّة متفسّخة تقبع منكمشةً على ذاتها. أضع رأسي على بطنها لأتفقّد أنفاسها. بطنها يرتفع وينخفض على ألحان غطيطها، لا تزال حيّة، لن أتشرّد إذن!

أعود إلى سريري، أغلّ فيه والقلق يدغدغني. يُحنّي البكاء وجهي، وأنام.

عكّازها يصفع الأرض ويوقظني صباحًا. أهرب من حلمي، أو كابوسي... لا يهمّ، وأهرع إليها. نبتسم ابتسامةً ملامحها جامدة يشوبها صمتٌ مزيّف عمره ألف عام لم نقوَ على تخطّيه.

تنسكبُ في كرسيّها الخشبيّ قبالة طاولةِ الطعام المدبوغة بكوعيها والممتلئة بكلّ شيء إلّا الطعام. أذهبُ إلى المطبخ حيث نعدّ وقود الحياة لنعيش أكثر ونتألّم أكثر.

أتذكّر كيف كنت – قبل انشقاقي عنها وإذعاني لرغبة والدتي في أن أكمل حياتي في مدرسةٍ داخليّة استورطتُ فيها في لندن – أجرّ سطل سلاء الزبد الضخم وألصقه بالفرن. أعتليه لأضع ركوة القهوة على النار مراقبًا رقصات اللهب الأزرق تعذّب الماء والقهوة. ربّما هذه صورة مُصغّرة عن جهنّم التي كان الخوري يحذّرنا منها أطفالًا في دروس التعليم المسيحيّ صباح كلّ أحد في قاعة الكنيسة الصغيرة المجاورة لبيتنا العتيق في تنّورين. نفسها القاعة الحاضنة لمناسبات الرعيّة السعيدة والحزينة والمفتوحة لاستقبال جميع الهيئات الروحيّة من الكنائس المجاورة والبعيدة للاحتفال بمن أصبح أسقفًا أو أرشمندريتًا.

الخوري يقول إنّ معاصي البشر ستخسف الأرض بهم إن ابتعد أحدهم عن طريق الربّ ذات الوحدانيّة المقدّسة النافذة إلى ملكوت

السماوات، هناك في السماء حيث يجلس المسيح عن يمين الله بانتظار خراف الرعيّة الضالّة.

لا أعلم من قال له إنّني أنتمي إلى خرافٍ ما فتئ يخرم عقول الأطفال والمراهقين الأماليد في دروس التعليم المسيحيّ بها وبقِصصها.

4

«ملعقة سكّر وملعقة قهوة وثلاثة فناجين ماء. عشر دقائق وتنفجر. إيّاك أن يتّسخ الفرن، إيّاك»، توصيني.

أترك الفرن متّسخًا ببقايا القهوة ولونها الأسود، كثياب الخوري الحريريّة.

كانت جدّتي تطحنها، القهوة لا ثياب الخوري، في المنزل يوم الأحد بعد القدّاس، وكنتُ أهرب من صوت الطحن إلى غرفتي وأستلقي أنا وأخي تحت سريرنا ذي الطابقين واضعًا كفيّ على أذنيّ متمنّيًا طرشًا مؤقّتًا. كان صوت الطحن يُذكّرني بأصوات القذائف والرصاص المنهالة علينا من ثقوب السماء.

أثارت الحرب حقدي على السماء. كنتُ أظنّ أنّها تحاربنا، هي مصدر القذائف.

«السماء ترسل القذائف إلى الأرض وتحرق منازلنا ثمّ تُمطر لاحقًا لتُطفئ ما أحرقتْ»، قلتُ لنفسي صغيرًا في فراشٍ تكيّفته مبلّلًا كلّ صباح، لا باختلاجات مثانتي وجهازي العصبيّ، بل بعَرق ارتجافي وخوفي.

الحروب ترحل وندوبها تعانق أرواحنا ولا تفلتها.

أنزل عن السطل الكبير. يومها كان كبيرًا، قبل أن أترك المنزل. اليوم هو صغير، صغيرٌ جدًّا ولا أراه.

– جويت الفرن؟

تسألني جدّتي وأنكر كي لا تعيبني فعلتي ويشمت أخي بي.

مذ ساعتها وأنا أنكر، صدقًا وكذبًا أنكر، برغبتي وبتأثير الخوف أنكر. أنكر لأنّني أخاف. هكذا علّمتني جدّتي يوم افتتحت أوّل مونولوجاتها معي: «من خاف سِلم، خلّيك دايمًا جنب الحيط!».

ويوم انهار ذلك «الحيط»، لم يقتل إلّاي.

***

أفزعني انفجار الحناجر احتفالًا بالسنة الجديدة.

تبصّرتُ طويلًا في الحائط الملاصق للشرفة. إنّها صورتها... صورة جدّتي وطرفها الأيمن الأعلى مُسيّجٌ بشريطٍ أسود.

كبرتُ فجأة عندما استيقنتُ أنّ جدّتي ماتت كمدًا قبل سنوات. ورغم ذلك، شيءٌ في دخائلي لا يعترف بحقيقة أنّها غادرت مذ كنتُ في سنّ العاشرة.

رَحلَت وأعقبَت موتها بحسرةٍ أودَعَتها تميمةً في عُنقي. غادَرَت وتركتني عنقود عنب خمّره الحزن فاخترعتُ حياةً حَشَرتُها بها ومددتُ لساني شامتًا بالموت.

لا تزال عابقة في قلبي. تحوم حولي وتُكلّلني كلّ صباح أسيرَ ذكرياتٍ تهزّ الحنين الراكد في ثُفلِ مشقّاتٍ تأبى الموت. أعيش متلبّسًا فيها لعلّني أقصّ موتها من نيجاتيف حياتي وأعيد العرض من البداية.

«اشتقتلّك... كل سنة وإنتِ سالمة ستّي...»، أقول لها.

أعلم أنّها ليست سالمة. لكن ماذا أفعل وفي وجداني دمعةٌ تخنقني وتعذّبني أيّما عذاب وكأنّها عنكبوت ينهش نملة؟

نحن نعادي القدر، نثور منتفضين على أوامره الجائرة. نعامل من يأخذهم من حياتنا بغير وجه حقّ كأحياءٍ، من لحمٍ ودم. وإن رأينا ذلك الشريط الأسود اللعين يخاصر صورهم مستديرًا على أحد أطرافها... ننكره، نتصنّع العمى ونمتنع عن الاعتراف برحيلهم.

إن كان للموت سلطان الاستحواذ على عُمر من نحبّ، فلنا ما هو أشرس وأكثر استبدادًا:

الذاكرة...

ليشبع التراب بأجسادهم،

فأصواتهم ونظراتهم وروائحهم في مرابع القلب مُعمِّرة.

المنسك الثالث

سماء متّشحة بنجمات حزينة

أنا غيمة أخافها صوت الرعد،
فبكت...

1

«سنواتٌ قليلة كانت كافية لتحوّلني
من ولدٍ ومراهق إلى إنسانٍ عتيق
ينشد لنفسه الراحة والاستقرار
بقتل ما بقي له من طفولته».

مي منسّى (المشهد الأخير)

أوهمتني جدّتي بأنّ والـدي ووالدتي جُمِعا في شخصٍ واحـد: هي. وأوصتني ألّا أصدّق البشر لأنّ الخيانة تجري في عروقهم كما تجري الأنهار في جيوب الأرض.

أفلستْ ثقتي بها عندما عرفتُ أنّها ليست والـدي ولم تكن والدتي، وأنّ من ادّعت أنّهنّ قريبات العائلة لم يكنّ إلّا بقايا عاهرات يقاسمن فراش ابنها القميء في أثناء زياراته الشحيحة لمنزلٍ يقضي فيه وقتًا نحيلًا وابنيه، أنـا... ابن باتريسيا البريطانيّة، غلطة حياته الكبرى، وأخي فادي... ابن بونيتا الروسيّة.

والـدي تـزوّج مرّتين، صاهر بريطانيا العظمى وروسيا، فدخل حربًا عالميّة ثالثة مع باتريسيا. هذا ما قِيل لي ولأخي من أناسٍ أشكّ

في نزاهتهم، لكنّ باتريسيا، المشكوك في نزاهتها هي الأخرى في ما يتعلّق بزوجها إذ تمقته مقت الصهاينة للعرب، أصرّت على أنّ أخي فادي ابن حرام ولم يكن والدي إلّا عشيقًا لبونيتا.

في أثناء زيارات والدي لنا – بعد انفصاله عن والدتي وسفره إلى دبي واستقرارها هي في لندن وبقائي أنا وأخي في كنف جدّتنا – كنتُ أسمع عواء عظام سريره في عكرة الليل بعد أن أذهب وأخي إلى غرفة نومنا، فلا أغمض إغماضة. أخي ينام بسرعة، ربّما لأنّه لم يكن يفكّر إلّا في اللعب بكرة القدم صباحًا قرب الأودية الشاجنة عند خاصرة حقلنا الرحيب.

كم كانت جميلة تلك المساحة الخضراء الأركاديانيّة. كم أفتقدها!

نخرج إليها دافعين أجسادنا في وجه الهواء المتمرّد والمهرول إلينا من أعناق الجبال الشميمة المُحاصِرة منزلنا. تمنّيتُ أن أزور تلك الجبال وأستقصيها. جدّتي قالت إنّها الجنّة، لكنّها للكبار فقط، الختايرة. عليّ أن أحيا كثيرًا على الأرض قبل الانتقال إلى هناك.

«أنا مش صغير ستّي، بس إبكي بتقوليلي إنت كبير والكبار ما بيبكوا، كيف عم بتقولي إنّي صغير هلّق؟»

وجهة أخي لا تتغيّر: حواف الأودية. أمّا أنا، فكنتُ أفضّل البقاء في طور المنزل قريبًا من أقنان الدجاج وأقفاص الطيور والسْتيتيّة الحمراء الصغيرة التي أحضرتها شقيقة جدّتي من دمشق وأهدتني إيّاها.

لطالما أرعبتني فكرة الابتعاد عن جدّتي ومحيطها. شعرتُ بالأمان بقربها وبقرب ما تضوعه حيوانات الحقل من روائح.

أركض في الحقل حاملًا كيس الحبوب لأنثر الذرة والقمز والشيا لحَماماتنا. أغفو على هديلها فوق تلّة القش المذهّبة بشعاع

الشمس ولا أصحو إلّا على صدى صيحات أخي من حواف الأودية: «تعا... الحقني!».

كيف لهذه التفاصيل الصغيرة القدرة على أن تُشعرنا بكلّ هذه الطمأنينة والانتماء؟

أبحلق بالدجاجات ساهمًا، أنتظر أن تفقس بيضة أو أن تبرعم زغبة من جسد زغلولٍ وأنا أستمع إلى أغانٍ يطلقها راديو جدّتي الصغير الموضوع فوق المصطبة...

«بدّي خبّركن قصّة صغيرة، صغيرة القصّة وإنتو صغار».

جدّتي تفتح باب المطبخ الشبك المطلّ على الحقل. أسمع صريره الآن، أتذكّره جيّدًا كما لو أنّه معزوفة في أذنيّ. تخرج وفي يدها المغرفة الفضّيّة ومئزرها الأبيض يضفي على فستانها الأزرق الرقراق منظرًا حَفَرَته منابت الذاكرة النوّاحة فيّ.

– عيّط لخيّك حبيبي، وتعوا كلوا، استوى الرزّ.

– بس أنا ما بحبّ الرز!

أعترض.

– في ناس بإفريقيا يا ستّي ما معن ياكلوا وبيتمنّوا لقمة رزّ.

– أنا شو خصّني! ابعتي الرزّ تبعي على هاي إفريقيا. وين بيتن؟ قريب من هون؟

يأتي أخي من البعيد. نداء جدّتي ورائحة الطعام يستجلبانه. نعاونها في رصّ الصحون على طاولة الخشب تحت شجرة التين العجوز ومعاليقها البهيّة، ونأكل.

آبت جدّتي وتركتني جائعًا لماضٍ يزنّرني باشتياقٍ لا تصهره الأيّام.

***

كم كانت امرأة شجاعة وصلبة، صلابة الشجر المغروس في الأرض. أذكر مشغلها الصغير خلف المنزل حيث كانت تصنع حقائب السفر يدويًّا. تضعني في سيّارة جارتنا الفولكس فاغن البيضاء وننزل إلى بيروت لشراء الجلود والخيوط والأزرار. توقفنا نقطة تفتيش...

– من وين جاية ولوين رايحة؟

– جاية من لبنان ورايحة على لبنان!

مذ يومها وقِصّتي مع بيروت مستمرّة. ولا أعلم سبب شعوري الأزليّ بأنّني لم أرَ بيروت يومًا رغم زياراتنا المستمرّة لها.

كنتُ أنتظر آذار وأيّار وأيلول وكانون الأوّل لأنزل مع جدّتي إلى بيروت.

«هذه مغارة جعيتا وهذا وادي نهر الكلب وهذه حريصا، تلك النقطة البعيدة الغائرة في الأحراج، هل تراها؟»،

تعرّفني إلى معالم بلدي ونحن في طريقنا إلى العاصمة.

بعد أن تفرغ جدّتي من شراء المستلزمات من شارع الحمرا، تأخذني إلى الكورنيش والمنارة. نمشي كثيرًا وندخل فروعًا وأزقّة غارقة برائحة المناقيش والصفوف والشعيبيّات حتّى نصل إلى وسط البلد. تبتاع لي الجلّاب المُثلّج صيفًا واللفت الساخن المطبوخ بدبس التمر الحلو شتاءً.

وفي يومٍ وأنا في المشغل أراقب من كثب أصابعها المتحرّكة بسلاسة بين الخيوط والجلود، هجمت عصابة مسلّحة من عصابات الحرب الأهليّة على المشغل. جرّتني جدّتي من كتفي بقوّة كادت تخلعه عنّي وأخفتني وراء جسدها.

– شو عم تعملي هون؟

قال أحد الملثّمين.

– عم بعمل شناتي سفر لحتّى خلّي الناس تفلّ من هالبلد!

أذكر ما حصل بعدها طشاشًا. لا أعرف لِمَ لم يقتلونا. ربّما كنّا نصلّي كما يصلّون؟ ربّما كان الصليب المعلّق في المشغل هو نفسه المُعلّق في صدورهم؟ هل قاسَمْنا الإله نفسه؟ هل تبيّنوا أنّ الاختلاف في طُرق صلاتنا وكتبنا المقدّسة ومعابدنا لن يغيّر حقيقة أنّنا نتقاسم الدم نفسه؟

أدركتُ يومها أنّ جدّتي قويّة.

«لو كان رجّال ما كان تلثّم...»، قالت متروّية وهي تمسح أرضيّة المشغل من طين أحذيتهم.

2

في تثاؤبات النهار أسال والدي عن مصدر صوت سريره الليليّ فينهرني أن أخرس، وفي أويقات أخرى يجيب...

«جانبي الأيمن يئنّ أنينًا كأنّ سيوف الكون غزت خاصرتي فأتقلّب دائبًا جلّ الليل وأجفو عن سريري».

ربّما! فقد سَمِعته يتأوّه.

لم أعلم آنئذٍ أنّ آهاته كانت نشوةً بصدر عاهرة لا ألمًا في خاصرته.

تنظر جدّتي إليه شزرًا والدموع تنهمر من عينيها على كومةِ صوفٍ تحوكها دون النظر إليها.

«لِمَ تبكي جدّتي؟»، سألتُ نفسي ولم أنل جوابًا.

لم أعد أثق بوالدي لأنّه أفّاك. رأيته من كوّة الباب يضاجع النساء. وقتئذٍ لم أفهم لِمَ تقفز المرأة العارية بثدييها المُدملكَين فوق ساقيه. سمعتُ وأنا أشاهد هذا المنظر جدّتي تبكي في غرفتها المقابلة لغرفتهِ في الممرّ المظلم في الطابق الثاني من المنزل.

كنتُ حافيًا، أفزعني منظر العري، قَفَّ جلدي وتكوّرتُ على نفسي المتآكلة خوفًا. فجأة بَرَقَت حاجتي إلى ثدي أمٍّ لم ألمحه يومًا.

زحفتُ إلى باب غرفة جدّتي وقرّبتُ فمي من مسكة الباب، أدخلتها إلى فمي وبدأتُ أرضع جفاءً.

تركتُ دميتي الصغيرة أمام باب الغرفة النجسة وهرعتُ إلى سريري منتفضًا. شعرتُ أنّ الجدران تقترب منّي من كلّ جانب حتّى أصبَحَت الغرفة أضيق من خرم الإبرة. فردتُ طرف اللحاف بين أسناني وعضضتُ على نواجذي وبكيتُ ملء رئتيّ لئلّا يسمعني أخي.

صباحًا وجد دميتي ميتة أمام عتبة غرفته، عرف أنّني تلصّصتُ على عهره فرَقَعَني حقدًا لن أنساه.

رفس باب غرفتنا، قفز أخي مذعورًا من نومه، أنا لم أكن نائمًا. هجم عليّ كالغول ونقش أصابعه في قاع خدّي الأيمن وأعلى رقبتي. اندفع الدم من أنفي رصاصَ بندقيّة وضع يده على زنادها ومات. فرّغ أمشاط ضعفه فيّ وشلّع جسدي الصغير ورحل.

كانت آخر مرّة أشاهد فيها ذلك الرجل الذي يشبه نورمان شوارزكوف وجهًا وجسدًا. غادر إلى دبي ولم يعد.

لم أشعر يومًا أنّني أملك والدين رغم محاججة جدّتي الدامغة عن ظروفٍ فوق إرادتهما قادتنا إلى هذا الوضع غير المستقرّ.

«إمّك وبيّك بيحبّوك كتير. هنّي مش موجودين هلّق. أنا بقدر كون إمّك وبيّك، وبس يرجعوا بيصيروا هنّي إمّك وبيّك».

دَفَعتني عن الحاجةِ لأيّ شخصٍ إلّاها.

كانت الحياة زوجة أبٍ قاسيةً تعاقبني كلّ يوم، وفي أحايين كثيرة بلا سبب، وكانت جدّتي أمًّا تمصّ شمّ قيحي وتبصقه بعيدًا مُرمّمةً اختلاجاتي القابضة على أضلعي زنّار قهر.

ظلّت تحاول كشح فكرةٍ يتمٍ لجوجة تلبّستني روحًا شرّيرة. أرادت تطهيري من الحاجة لأبوين لم يُقبّلا وجهي قبل النوم ولم يشغلهما مستقبلي المشلول برجاءٍ مُغَبَّش.

ازدحمت أجندة والـدي بالنساء والخمر والقِمار والتجارة، ووالدتي أسقطتني من حساباتها وركبت مسمارًا فضائيًّا هربًا من حـربٍ أهليّة عاشها لبنان، وحـربٍ أخـرى عاشتها مع والـدي بعد اكتشافها خيانته لها. غادرت كوكبي إلى لندن حيث بدأت تحضير رسالة الماجستير في طبّ الأسنان.

انفصلا ورحل كلٌّ منهما إلى شأنه.

على الرغم من ذلك، أشياء داخلي أكّدت للطفل الخام الذي كنته أنّ والدي الهارب إلى دبي ووالدتي الغارقة في لندن يعيشان حكايةً غريبة تَبَّلَها الغموض تصهل طالبةً صهوة الحقيقة من ألمٍ يلفّ جدّتي.

3

كنّا في الأيّام الأخيرة من حربٍ أهليّة جزّأت الله. خلقت إلهًا للشيعة وآخرَ للسنّة وثالثًا للدروز ولكلّ طائفة مسيحيّة واحدًا مختلفًا عن الآخر. وبصفتنا مِنطقة مسيحيّة، كان وجود رائحة الإسلام في المدرسة أو في سوق الخضار أو حتّى قرب برميل نفايات يثير استغرابنا وفقًا لتربيةٍ انصبّت علينا واندسّت بيننا في بيئةٍ لوّثتها الطائفيّة ونَخَبَتها.

تُفتح الأعين على مصاريعها عند لمح طيف امرأة محجّبة أو سحنة تثير الشكوك في مسيحيّتها...

– شكلها مش مسيحيّة.

– دخلِك لمحتي شي صليب معلّق بصدرها؟

– مستحيل تكون مسيحيّة، حتّى إذا كانت فبتلاقيها من أرمن برج حمّود.

– إجت على الكنيسة قال بدها تقنعنا إنها مسيحيّة، مفكرتنا هنود. الله وكيلك ما عرفِت تقول لا أبانا ولا السلام عليكِ. بس أنا مش رح إسكت، رح إحكي أبونا ميخائيل لحتّى نعرف أصلها من فصلها.

***

عوائل عديدة نزحت من مناطق لبنانيّة مختلفة إلى تنّورين، تحديدًا حَيّنا لكونه أكثر استقرارًا من غيره وقتها.

أذكر الطفل قاسم وسحنته الشاحبة...

يقترب أخي منّي في باحة المدرسة ومعه سندويشة معضوضة بفوضويّة. يهمس لي وهو يلوك لقمةً غرقت في فمه أنّ الطفل الأسمر المحشور بحياد في زاوية الباحة قرب الباب الحديديّ مُسلم وبنا تجنّبه لأنّه بالطبع مسلّح.

– والده في ميليشيا ما.

– من قال لك؟

– لم يقل لي أحد. لكنّه مُسلم، إذن هو في ميليشيا.

أبغضتُ قاسم بلا أسباب، فقط لأنّ أخي استخلص أنّ والد الصبيّ في ميليشيا وأنّ قاسم مسلّح بالوراثة. كما كرهتُ الإسلام بعدما روت جارة جدّتي قالة اختطاف عائلة مسيحيّة ذُبح جميع أفرادها على أيدي عصابة مسلمة في بيروت الغربيّة.

«مجرمين هول مجرمين، إسّة بدّن يذبحونا واحد واحد. دخيل إسمك يا عذرا، يا ربّ تنجّينا»، قالت الجارة.

بعد سنوات، وبعد اقتحام وسائل التواصل الحديثة حياتنا، بحثتُ عن أصدقاء الطفولة في مدرسة تنّورين حيث كنّا نُلَقَّم الدروس بالعصيّ.

نهشني الفضول لأعرف إلى أين سحبتهم زوابع الحياة بعد الحرب.

وجدتُ بعضهم واعتقلتني سعادةٌ ظمأى للحظات قبل أن يرصّ فؤاد، الذي عثرتُ عليه من لقبه المحشور في ذاكرتي القاسية، أسماءَ من مات من زملائنا بطرق وأسباب مختلفة.

سركيس الأرمني... تنتصب صورته قبالتي الآن ببنطاله الجينز المحكوك عند الركبتين وقميصه الأحمر بأزرار من كلّ شكلٍ ولون. كنّا نسمّيه «سركيس بو قميص!».

قُتِل سركيس في مِنطقة سنّ الفيل عندما كان وعائلته في زيارةٍ لعمّته المريضة. ظنّوا أنّها ستموت في غضون أيّام فتحدّوا القصف والرصاص ورعب القتل على الهُويّة ونزلوا إلى بيروت.

استوقفهم حاجزٌ أمنيّ مسلّح وطلبوا هُويّاتهم. فضحهم الصليب المعلّق في زجاج السيّارة قبل وصول يد والد سركيس إلى محفظته لإخراج ما سيقرّر مصيرهم.

الحواجز الأمنيّة الوهميّة الموزّعة عشوائيًا على المناطق في أثناء الحروب لا تعرف الرحمة وفي عروق حرّاسها لا تجري الشَفَقة. تجاعيد الضمير لن تطالهم مهما عَمَّر الظلم فيهم. الأوامر المُنزّلة شرائعَ موتٍ ومسلّاتِ حقدٍ من سكرتارية جهنّم لا مشاحة فيها. مَن ليس على دينك اذبحه بدمٍ بارد، أو حتّى بلا دم.

ذُبِحت العائلة والعمّة المريضة لم تمت حتّى اليوم! تركوا منزلهم لتوديعها قبل سنوات ظنًّا منهم أنّها ستموت، لكنّها لا تزال في نفس شقّتها تخرج يوميًّا إلى الشرفة وتطالع الشارع...

«هون قتلوك يا خيّي. ضيعان شبابك يا ماتريك».

تشاهد بقع دم أخيها وعائلته على شارعٍ لن ينسى ما حدث مهما زفّتوه. الشوارع لا تنسى. ستحكي لكلّ الأجيال عن أعناقٍ جُزّت فوقها وأطفالٍ ضلّوا دروب النجاة. هاجوا وماجوا بحثًا عن يد أمٍّ أو صدر أبٍ. لم يشفق عليهم أحد فحنّ الأسفلت عليهم، تعرّى من السخام وعانقهم.

ستحكي عن أمّهاتٍ بكينَ وولولنَ ولطمنَ حتّى اختنق الدمع وتبخّر النواح وتخشّبت الأكفّ. هنا ركض الآباء بحثًا عن أولادهم،

وهنا أيضًا تشرّدت العوائل وفُتِّت الله إلى ألف إله. فكيف تنسى وكيف ننسى؟

أمّا قاسم، المليشياوي الصغير، فقُتِل هو الآخر. صاروخ يحترم التعدّدية ولا يؤمن بالإثنيّة بين مسلمٍ أو مسيحيٍّ أو درزيٍّ هبّط الملجأ فوق رأسه وعائلته وعوائل مسيحيّة ومسلمة ودرزيّة وربّما يهوديّة وقتلهم.

أوصل الصاروخ بفعلته الشنيعة رسالةً إنسانيّة للجميع:

لا عنصريّة في الحروب رغم أنّ العنصريّة تقدح شرارة الحرب الأولى.

لم يسأل الصاروخ ضحاياه إن كانوا في رعاية الإنجيل أو القرآن. لم يدقّق صدورهم ليعرف إن كانت محتمية بصليبٍ أو بآية الكرسي. لم يسأل من منهم يؤمن بالله ومن يكفر به وبالنواميس. لم يستفسر عن أحزابهم وماضيهم وتضحياتهم وأحلامهم. لم يجرّدهم من ثيابهم ليتفحّص أجناسهم. لم يحقّق معهم ليقرّر من تُمدّد له الإقامة ومن يُفصَل.

لم يكن عنصريًّا.

وحده الموت يساوي الرُتب.

4

«مش رح إتخلّى عنّك».

توالدت كلمات جدّتي في رأسي وأنا، الغرير الذي كنت، أغادر مدرسةً داخليّة بريطانيّة استبدّت بي وعَرَكتني عركًا. شاطتني حلمًا مخرّقًا إلى نومٍ عاقر مشيمته لا تُطعم إلّا أجنّة الكوابيس. جسّمتني اللعينة بهوًا فارغًا إلّا من صدى الوحشة. وقفتُ مديد الحزنِ عند عتبتها أصرخ بصوتٍ مجعّد لا يسمعه أحد.

غَبَرتُ عشر سنوات في الإقامة الجبريّة القاسية في سجن تلك المدرسة. خرجتُ لا أعلم ما أعزم عليه من أمري. عتّالٌ يحمل بقجة الماضي وزبدة أوجاعه على كتفيه ويمشي بعكّازٍ صوب ما لا يدرك باحثًا في صنوج الأمس عن صوت جدّته حِصنًا لحياةٍ أتخَمَتها الأتراح ونفّضتها عن ثوب السعادة.

لاأملك اليوم إلّا كلماتها المُغمدة خنجرًا صقيلًا يجيش في صدري العاجز عن التنفّس.

أسترجع ذاك اليوم البعيد وأتذكّر يدَ قدرٍ حفّت طفولتي وفتقت دميتها وانتشلت حشوتها وتركتها سرابًا منهوبًا ركضتُ إليه متعثّرًا بأرمدة الذاكرة لعلّني أخيّط ما مزّقته الأيّام.

من يرتق فتوقي والإبرة الوحيدة القادرة على غرز الطمأنينة في قلبي ضاعت في كومة قشّ الماضي... هناك، في بيت تنّورين عند ماكنة خياطة جدّتي؟

قتلوا بيتنا يا جدّتي... والدي باعه لشخصٍ لا يعرفه. ولأنّ المُشتري لم يسمعكِ ترنّمين ليلة العيد وشجرة الميلاد تنحني خشوعًا لصوتكِ... لأنّه لم يعلم قداسة منزلٍ تركنا بين شقوق جدرانه صدى ذكرياتنا تتصايح وحيدةً، لأنه لا يُدرك شيئًا عنّا جزّ منزلنا وأنبت فوق أطلاله دكاكين وأكشاكًا.

استثمروا أموالهم على حساب ماضينا فأصبحت شجرة ميلادنا يتيمة النجم.

أنا اليوم لا أبحث عن منزلنا لأنّني أعلم أنّ الأرض ابتلعته، لكنّني انبريتُ أسأل عن عاصفةٍ خجّت أشرعي وحوّلَت طريقي ضياعًا. أريد أن أستوصفها دواءً لدائي وأن أختزل وجعي بكلمةٍ واحدة... لماذا؟

لماذا سَلَخَتني والدتي عن حضن جدّتي وأخي غير الشقيق؟ لماذا قذفتني إلى مدرسةٍ داخليّة دهكتني وأرتني الكواكب ظهرًا في سماء لندن الضاجّة بنواح العصافير وانصرفت هي لممارسة حياتها؟

دَفَنَتني وتخلّصت من جثّتي كي لا تتعفّن في حياتها وتعكّر خططها المستقبليّة.

في البداية هاجَرَت إلى لندن وتخلّت عنّي طفلًا لم يتجاوز الرابعة لأبٍ وضيع تنازل عنّي بعد شهر لجدّةٍ عشتُ معها وتقبّلتُ واقعًا يبدو أنّه لم يفصح عنّي. أتت خالتي بعد خمس سنوات – وفقًا لتعليمات والدتي – وسرقتني من حضنها.

لم تستطع الوقوف في وجههم. حصلت والدتي على قرار محكمة من القنصليّة لحضانتي. غَرَزَت جدّتي يديها في كتفيّ في

رابعةِ ذلك النهار المشؤوم والدموع المكبوتة تترنّح في أعيننا ولا تنزلق. كنتُ في التاسعة. قبضتُ على يدي الصغيرة وصبّتها في يدها عجينةً اختمرت بالأسى وهي ترتعش خوفًا لا بردًا. تمشي وتبكي والهواء يلفح خدّيها ويلبّخ قيح جراح وجهي الجائشة بملح دموعها. ضَمّتني للمرّة الأخيرة إلى صدرها واشتعلت نوبة بكاء جالت فيّ ريحًا راكدةً لم تعصف إلّا في وسادة المدرسة الداخليّة حيث لم ترفّ عيناي.

سلّمتني إلى خالتي التي بدورها سلّمتني إلى والدتي حيث كانت تنتظرنا في فندق برازيليا في الحازميّة لنغادر بعد يومين إلى لندن.

يومها افترعت رحلة مدرارةً وكاوية. أنزل فونوغراف العذاب إبرته على أسطوانة حياتي وبدأ يخربشها بلحن الشجا.

كما الإنسان من التراب وإلى التراب يعود، شعرتُ أنّ لا فكاك من والدتي... منها وإليها أعود.

كنتُ، قبل مغادرتي لبنان، قد تصالحتُ وفكرة غياب والديّ عنّي، أدركتُ أنّهما انفصلا وغادر كلّ منهما إلى بلد. تغلغلتُ في جدّتي واحتميتُ بها درعًا تقيني رضوض نقصي. استنسختُ كلماتها... «أنا والدك... أنا والدتك»، وحشرتها في جرّةِ أملٍ أُطفئ به غليل حروقي.

تدثّرتُ بثيابِ عائلةٍ ألبَسَتني إيّاها وهمًا لفّني كفنًا عندما كبرتُ، لأهرب من كلماتٍ عاريةٍ صَقَلتُها أجوبةً تكفر بحالي حين سُئلت مرارًا: أين والداك؟

«لا تخجل بي، اعتدّ بذاتك. ارفع رأسك قبالتهم وقل لهم إنّ جدّتي هي والدي، جدّتي هي والدتي»، أوصتني متحمِّلةً عبء طلاق والديّ.

ترسّخت لبنة كلامها الأوّل في أرضي المُنهَكة قحطًا وأصبحت أفياءَ شجرة صفصافٍ تبسط كذبها على أوجاعي لتُظلّلها.

كانت دموعي يومها، في لندن وأنا أقف أمام المدرسة الداخليّة غير مدركٍ ما تخبّئه الأيّام لي، تتسربل بنظرة جدّتي الأخيرة الهالكة والمنسيّة عند بيتنا فوق شوارع تنّورين المزفّتة بالفقدان. نظرتها الأخيرة لا تفارقني، صاحيًا كنتُ أو غافيًا تحت شلّالٍ من الكوابيس.

عَزَفَت نواقيس الكنيسة الملاصقة للدير والمدرسة الداخليّة، حيث تمكّثتُ طويلًا، لحنًا أخافني وبقي يدقّ في رأسي مضرابًا خشنًا يرطن ألغازًا لا تُفكّ.

فجأة، شمّرت الحياة عن قسوتها. جيّشت عدّتها وقرّرت التجبّر على طفلٍ اعتاد الاختباء في ظلِّ جدّتهِ والتبرقع به حصنًا في وجه حياةٍ قَلَبَت له ظهر المجنّ وقرّرت تلقينه درسًا جلفًا كرّه إليه العيش.

أثابتني عقابًا بما لم أستحقّ. أرادت إبراز مهاراتها في التنكيل بالبشر، فاستعملتني طُعمًا وفأر تجارب في مختبراتها. ألوت حقّي في هناء العيش، هزمتني من الجولة الأولى. عضّتني وتركت أنيابها محفورةً على جسدي المُقشعرّ لأتذكّر ألّا أناجزها حربًا فأنا أضعف منها بأشواط.

استقبلني سرير المدرسة الداخليّة كالكرباج في مكانٍ أصبح ربّ شططٍ حاكني على منوال جحيمه ثوبًا خرقًا. كان سريرٌ بلبدٍ حارق وكأنّ ما فيه ليس صوفًا وقطنًا بل جمر فرَّ من أقبية جهنّم واستوطن تحت جسدي.

أصبحتُ هُويّة زُوِّرت قبل أن تَصدر، وسعفة قُشّرت من خوصها قبل أن تنضج. طفلًا لن يشمّ رائحة الأمان ومراهقًا لن يعرف صبوة. مسمارًا يُدقّ بمطرقة الأسئلة الثرثارة على خشبة صلدة.

أين والـدي؟ أين والدتي؟ ولِمَ هجرتني جدّتي فجأةً، هي من غَرَسَت فيّ عينًا عَرَفَت فذَرَفَت وأمسَكَت كتفيّ راجّةً بدني لعلّ وخز قلبي يستكين...

«أنا عيلتك، أنا كل شي بحياتك».

تبنّتني المدرسة يتيمًا وابتلعتني عشرة أعوام خرجتُ بعدها حانقًا على رجلٍ وامرأةٍ قوّرا جسدي بدبابيس قسوتهما. أخرجاني من العدمِ وحشراني في حياةٍ كوتني وطحنتني.

لم يملكا وقتًا يستنزفانه على لحظةٍ غافَلَتهما وتكوّرت طفلًا، أو ربما عِلّةً، وجب التخلّص منها. كلٌّ منهما كان يجرّ النار إلى رغيفه، وتركاني في قعر التنّور أتيبّس.

فجأة أحسّت والدتي خطر وجودي في منزل جدّتي في تنّورين مع فادي، أخي غير الشقيق من زوجة والدي الثانية – رغم محاجتها بأنّه لم يتزوّجها – بونيتا الروسيّة، التي ماتت في حادث سير في قبرص. حَزَمَت أمري وقَرَّرَت نسف حياتي وسلخي عن وطني وجدّتي وأخي وعن نفسي. دقيقة واحدة، بل ثانية، كانت كفيلة بنزعي عن كلّ شيء.

وكم هو مُرٌّ فقدان ما لا يُعوّض...

أرادت إبـادة طنين هـذه الحشرة الصغيرة، أنـا، المُزغللة مشاريعها التجاريّة والدراسيّة. انتقمت من خيانة والـدي لها مع بونيتا. سحبتني من منزل والدته بِصَولةٍ لتُثبت له أنّها قادرة على القيام بأمري وأنّها لا تحتاج إليه ولا إلى والدته العجوز الجاهلة، فباتريسيا البريطانيّة لا تُخان. هي كالديناميت، الخطأ الأوّل معها، هو الأخير.

قرارها عوّج الغصن الغضّ الذي كنت. كم هجرة زارت حياتي؟ هجرتي من وطني، من صدر جدّتي، من يد أخي، من عناق حقلنا،

من لغتي، وهجرتي الكبرى... من ذاتي. كأنّني وُلِدت بلا مغزى. وكأنّ آلهة الوجع ربطت يديّ بخيوطٍ واختبأت خلف السماء وطفقت تُرقّصني دمية ماريونيت فوق موقد فحم مُجمّر.

أرادت باتريسيا الانتقام من والدي فسحبتني من خزانة ممتلكاته ولم تعلم أنّها لن تحطّم إلّاي. رَهَنَتني بضاعةً بخسةً في سوق المدرسة الداخليّة السوداء فأضبتُ على ما في نفسي وعَنَوتُ لمشيئتها دونما اعتراض على كلمةِ فصلٍ لم يكن لي عنها مندوحة.

أسأل نفسي مرارًا... لِمَ لم يدافع الله عنّي يومها؟

اليوم وبعد أن أجديتُ نفسي عن أبي وأمّي وأصبحتُ شيخًا في فقه التخلّي، بتُّ لا أكترث لهما، فالشاة المذبوحة لا يؤلمها السلخ.

استعرتُ قسوتهما وصار وجودهما وعدمه سيّين. لقّحاني بداءٍ لا يُستطبّ وورّثاني ألف عقدة لا تُفك. أنبتا فيّ كرهًا للزواج والعائلة والأطفال حتّى صارت الوحدة مسكني ومأكلي ومشربي ومنفذ هوائي المسموم.

عندما عدتُ إلى المنزل – قبل شهرين من مغادرتي تنّورين إلى جِراب المدرسة الداخليّة في لندن – صاغرًا بوجهٍ كالح وملوّث بسواد الخذلان بعدما بخّ أحدهم أشولة سمّه في عروقي قائلًا بسخرية إنّني وُجِدتُ عند باب منزل جدّتي عندما كنتُ طفلًا رضيعًا كما يحصل في أفلام الرسوم المتحرّكة، والدليل على صدقيّة كلامه هو غياب عائلتي وأنفي الصغير الذي لا يشبه أنف جدّتي العملاق، قالت لي جدّتي بجنائزيّة وقورة والغيظ يقدح من عينيها، إنّ البكاء محيص الجبناء وأنا لست من سلالتهم وعلى جفني ألّا يسحّ.

علّمتني أن أعضّ على الجرح حتّى لو ترسّب حطامي في حلقي وخنقني. المهم ألّا أُطفئ شعلة حياتي بالدموع وألّا أسقي عطشهم بانكساري.

لكنّها بكت وهي تُوْدعني سرًّا بين يديْ خالتي...

كاذبة يا جدّتي، أنتِ كاذبة ولن أصدّقكِ بعد اليوم. لن أعاودكِ وهذا الأثر في قلبي من فأس رحيلكِ. قلتِ لي إنّكِ لن تتركيني، لكنّكِ غادرتني.

ما قيمة وعود الأموات؟

زرتُ قبرها في مِنطقة بشرّي بعد عشرين سنة من رحيلها وصلّيت صلاةً ارتجاليّة لم أقتبسها من «Manual» صلوات الكنيسة. وجدتُ نفسي مُجبرًا على الفرح لأنّني معها، ووجدتُ نفسي بعد ثوانٍ قلال مُجبرًا على الحزن لأنّها ليست معي.

قبل مغادرتي تركتُ إكليلَ وردٍ لم أخشَ عليه من الذبول. سيبكي وسيسقي نفسه ليحيا.

«الأموات أكثر حظًّا من الأحياء لأنّهم يهربون من وعودهم بسلاسة. أنتِ في مأمنٍ من العتب»، قلتُ لها.

5

خرجتُ من المدرسة الداخليّة إرَبَ خردة لم أرَ منها إلّا فسيفساء قبيحة لوّنَتها الأوجاع. أقلّبُ كفّيّ على سنواتٍ مضت ستبقى شوكة في حلقي، خائفًا من سنواتٍ أخرى آتية تتستّر بخمارٍ يخفي نيّاتها الحقيرة.

كبرتُ بينهم، الماميرات والمعلّمات والطلّاب... لم أعرف إلّاهـم، ويـوم غادرتهم اكتشفتُ أنّ الحياة أكبر منهم... أكبر من غرفتي الصغيرة ومن المساحة الخضراء خلف المدرسة.

أتبسّط الخطى بألمٍ فائر يجرّ خلفه عمرًا من الخيبات الناقمة على حاضرٍ مظلوم فتّتته ندوب الأمس وتكسّت بقاياه بالخوف.

أجنحتي معقوفة تجأش ولا تُحلِّق، وصوتي مخنوق يريد الصراخ لكنّه يبتلع أنّاته ويغصّ بجرحٍ مكتوم لا يُرأب. جررتُ أذيال الخُسران تلك وزرتُ منزلَ أمٍّ قرّرت قبل عشر سنوات ترقيع حياتي بقصاقيص مدرسةٍ داخليّة بالية.

لـم أعاتبها على حـربٍ شُنّت ضـدّي كانت هي جنديًّا غير مجهول فيها. لم تكن نَدمى، ولم ألمح اشتياقًا صريحًا أو حتّى لاطيًا في عينيها بعد عُمرٍ طويل طويتُ سواده الأعظم طالبًا مؤمنًا تعبّد

الوهن وتفحّم في قبضةِ صومعة مشنوقة فوق تلّةٍ شطيرةٍ عن العالم تديرها الراهبات.

طفلٌ لم يبلغ العاشرة يُنتَخذ في زوابعَ لا ترحم أفضت به إلى أخدودٍ بلا نهاية. طفلٌ اتّخذ اليُتم والحرمان مذهبًا، يتعرّى من لغةٍ لم يطوّع لسانه بغيرها. تُسمَّد هُويّته بالسموم وتُجتَثُّ حشيشةً كليلة من تربتها لتُرسَّخ بين صبّار الغربة واليُتم الكاذب. ما تراخت الحياة يومًا عن تصديع ذلك الجسد وهو يراوح مشدوهًا بما يعيش.

أتمايل في مشيتي على غير هدى وكأنّني جردلٌ عُلّق في حبلٍ وتُرك يتطوّح في بئرٍ باردة وموحشة. أتذكّر ما حصل لي هناك... في لندن، داخل كومة الأحجار الأثريّة المُقتعدة رأس تلّة صغيرة اعشوشبت سنابل التوجّس حولها، حيث وطّنتني والدتي لأعتاد عدّ الأيّام وأنا أطالع مدينةً استنارت بأضواء سيّاراتها التي كانت تذكّرني بحبسي وبحرّيّة طوفانها الشوارع أنّى أرادت.

وحيدًا سالت مذارف عينيّ. أسمع الطلبة والماميرات حناجرَ تُسرطن خلايا بدني، لا أفهم لغتهم ولا لفيف مشاعرهم وأفراحهم وأحزانهم وعوائق دهرهم.

لا يشبهونني، لا أنتمي إليهم ولا أشعر بما يشعرون. وجوههم مختلفة، ملامحهم، ألوانهم ومذاق طعامهم. حتّى أنفاسهم لا تشبه أنفاس جدّتي وأخي.

أتهجّى حروفهم المجذوذة فوق لساني، يسخرون منّي، يضحكون ولا أفهم شيئًا من بلبلة بابليّة نصبت خيامها حولي ولم تتحرّك. توطّنتْ فيّ بدويًّا أضرعهُ البوار والترحال ووجد في أرضي عَمارًا ومرعى فثوى بها.

اشتَبَهَ كلّ شيء عليّ ولم أدرِ ما صنعتُ لتخنقني يد القَدَر الأسود هذا.

مدرسة داخليّة بريطانيّة في قلب لندن، راهبات وطلبة يتحدّثون الإنكليزيّة والفرنسيّة. سألتُ نفسي، من طرَحَني إلى هذا المكان؟ أين جدّتي؟ أين أخي؟ وأين منزلي وحقله الواسع؟ لِمَ أنا هنا في هذا القفص؟ إنّه القفص عينه... قفص الدجاج والطيور في تنّورين. كنتُ أحزن على الطيور المحبوسة خلف الأسلاك الحديديّة وكم من مرّةٍ انتظرتُ غفلة جدّتي عنّي لأترك باب القفص مُشرّعًا للطيور فأطعمها حرّيّةً لا قمحًا وقمبزًا، وكم بررتُ لجدّتي كذبًا أنّني نسيتُ باب القفص مفتوحًا عن دون قصد.

حزنتُ على الطيور المُكلبَشة وها أنا اليوم نظير حبسها.

«فعلتُ ذلك من جرّائِك، لتعيش حياةً أفضل من حياة الريف في تنّورين مع جدّتك وفادي ابن الحرام»، قالت والدتي الدوغماتيّة بصوتٍ ينقصه الكثير من الأمومة، بعد طائفة من السنوات.

6

خلق الله الأطفال وعلى وجوههم ابتسامة عذراء لم تداعبها الحياة. أتت الحرب ونَحَرَت واحدة، واليتم اغتصب أخرى، الفقر سَوّسَ ثالثة، وطلاق الأهل عذّب رابعة، وهكذا دواليك، حتّى أصبحت وجوههم الحسيرة بلا ملامح وأجسادهم تنزف وجعًا جوّانيًا يخترق حناجرهم ويتكمّش بضوء أملٍ هزيل لا يلبث طويلًا وينطفئ، ليصبّ أخيرًا دموعًا مسرفة تنطلق فور ولادتهم.

كانت المدرسة الداخليّة، المُلحقة بميتم، الملجأ الوحيد لأوجاعٍ مبتورة لا يُشقُّ لها غبار عاشتها عشيرة من الأطفال بذنب آبائها وأمّهاتها، وكنّا، روّاد المدرسة الداخليّة، ننظر بعين الشفقة الخجولة إلى أطفال الميتم ومراهقيه عند اجتماعنا وإيّاهم في مناسباتٍ دينيّة ووطنيّة تنظّمها إدارة الدير تبجيلًا لاهوتيًا لشخصيّة دينيّة اقتعدت كرسيًّا رسوليًّا، أو بهرجةً سياسيّةً لدوقٍ أو أميرة.

يأمروننا أن نصطفّ مستعمرةَ نملٍ تُلوّح بعلم المملكة. كنّا مُكوّكين نرطن ما لا نفهم.

مهما كانت قِصص أطفال المدرسة ومراهقيها بشعة ومتمرّدة على تكتكة ساعة الحياة الطبيعيّة، فهي أقلّ سوادًا وتراجيديّة من

مآسي الأطفال في دار الأيتام. منهم اللقيط واليتيم، ومنهم من فقد أهله في هجرةٍ قسريّة.

وحدي أنا القابع في المدرسة كنتُ أشعر أنّ مكاني المنطقيّ هو الميتم لا المدرسة. فما الفرق بيني وبين فريديريك، طفل الميتم الذي وجده أحدهم في صندوقٍ ضخم لماركة فساتين فاخرة وُضِع في نهاية شارع نصف مهدّم في حيٍّ معدم ومعه بعض المال؟

هل يدرك الأغنياء أنّ قلوب الفقراء أرحم من قلوبهم المبطّنة بالحجر فيلقون بنزواتهم في رحم مناحي الفقراء الخرساء؟

هل كان فريديريك غلطة؟ هل كان مصيره لا يختلف عن مصير نطفة خلقها مشهد إباحيّ أو ربّما مؤخّرة امرأة عريضة لمحها والده فمارس العادة السرّيّة وبدلًا من قذفها في المرحاض حشرها في رحمِ امرأة ومن ثمّ في رحمٍ أكبر لا تشيخ ولا تعرف سنّ اليأس... الشارع؟

يعلم فريديريك تمامًا أنّه لا عائلة له، أو بمعنى أصحّ لا يعرف من هي عائلته. إبرة بوصلته معطّلة لا تقوده إلى مرسى.

أمّا أنا، المنقّب بالأسى والمجبول من طينة الانهزام، فكنتُ أعلم من هو والدي... كوّة باب غرفته قالت لي من هو. وكذلك علمتُ من هي والدتي. سيلان دموعي أمام المدرسة الداخلية وتضرّعاتي ألّا تتركني وحيدًا وأن تعيدني إلى جدّتي وأخي ومنزلي...

«دخيلك إمّي رجعيني لعند ستّي وبصير آكل رز كلّ يوم وحياة يسوع بصير آكل رز»...

توسّلاتي فتّتت الأكباد لكنّها عجزت عن رفس دمعة واحدة من عينيها، فخبرتُ كلّ شيء عنها، عن امرأة معجونة بدقيق القسوة غير المنخول.

***

بعد فترة من إقامتي الجبريّة في المدرسة الداخليّة، التحق صبيٌّ غريب الأطوار بقافلة المنكوبين. اعتاد الجلوس في المقعد الأخير عن الجانب الأيمن من القاعة المطلّة على الدير وصليبه الضخم المعلّق فوق بابه الرئيس الأبيض.

كان الفتى لا يتحدّث لأحد ولا يشارك في النشاطات اليوميّة ولا حتّى النشاطات الدينيّة القسريّة. جلّ ما يفعل هو الجلوس في ذلك المقعد المنزوي ممسكًا كتابًا بالمقلوب متصنّعًا القراءة.

سخر الجميع من ملابسه الرثّة وشعره الفضّي وأسنانه الصفراء. نبذوه دونما سبب. ضربوه وبصقوا عليه وجرّوه من شعره. سرقوا طعامه وثيابه وكتبه.

وفي ليلةٍ شتويّة سمعتُ جلبة في ممرّ غرف نومنا، تقوقعتُ في سريري واحتضنتُ دميتي الصامتة دومًا رغم توسّلاتي غير المنتهية إليها بالرجاء أن تنطق لتساير وحدتي وتؤنسني في محبستي. تلك الدمية هي آخر ما أملك من تنّورين.

احتفظتُ بها لأنّها الشاهد الأصدق على ما رأيتُ من خرم باب غرفة والدي. سأستعملها شاهدًا قبالة الله لأشكو له ما فُعِل بي.

اختفى الطفل الغريب الأطوار في تلافيف تلك الليلة ولم يلمحه أحد بعدها، لأنّه مات.

شاهدتُ والديه يجلسان مع مامير جان، مديرة المدرسة، في غرفتها بعد يومين من حادثة وفاته. كنتُ قد لمحتهما مرّة يزورانه، مرّة واحدة خلال سنتين من إقامته في المدرسة الداخليّة!

وقفتُ عند باب غرفة المديرة وهي غارقة في حوارٍ عميق مع والديه تشرح لهما أسباب الوفاة. لكزتني بنظرةٍ حانقة وانتهرتني للابتعاد عن الباب. لكنّني، كعادتي، لا آتي حراكًا في تلك المواقف. بقيتُ أؤرجح نظراتي بينهما ونزق الكره ينساب من ملامحي

المتجهّمة. رأيتُ والدي ووالدتي شبحين يتنصّلان من ذاكرتي ويتجسّدان في الوجهين الجالسين قبالتي بصلفٍ وكأنّ من مات ليس ابنهما. لو كان كلبًا لحزنا عليه أكثر من حزنهما على جسدٍ عاد إلى التراب قبل أن تجفّ جبلة خَلقه. مات ولا تزال بقايا طينته الأولى عالقة بين أصابع الله.

«كـلاب...»، قلتُ لهما بالعربيّة التي، من حسن حظّي، لا يفهمها أحد في المدرسة الداخليّة سواي. لكنّ والدتي تفهم الكلمة، ووالدي أيضًا، فقد نعت أحدها الآخر مرارًا بها.

7

يذهب الأولاد إلى غرفهم المنفردة – أو المشتركة إن لم يكن لأهاليهم الطاقة على دفع تكاليف الغرف المنفردة – وتذهب الماميرات إلى غرفهنّ في الطابق الأوّل. تهدأ فوضى المدرسة وتخلد أضواء الممرّات إلى سباتٍ لا يستفيق منه أحد إلّا على جرس مامير جان عند السابعة من كلّ يوم باستثناء يوم الأحد حيث يدقّ قبل بزوغ الشمس لنتوجّه إلى القدّاس ونتناول القربان المقدّس ومن بعدها نلتحق بصفوف ما يُسمّى مدارس الأحد للتعليم المسيحيّ.

مامير تيريز، الراهبة الشابّة في المدرسة، أدرَكَت عمق هوّةٍ انتزعتني نتشًا من محيطي وحتّتني عن الاختلاط بباقي الطلبة البؤساء وعن المشاركة في النشاطات الاجتماعيّة والترفيهيّة. أدرَكَت أنّ الحياة أرضعتني، كما غيري، حليبًا عفنًا.

انخطفتُ عن الطلبة والماميرات والدروس والدين وعفتُ كلّ شيء، كنتُ بحاجةٍ إلى البقاء في بيضتي وهم يحاولون تقشيرها ونزعي عنها وأنا أبكي وألملم فتات القشور لعلّها تغطّي هزالي.

بعد انتقالي إلى تلك المدرسة العاهرة قرّرت أن أكره الله وأن أرمي مسبحة الورديّة، هديّة جدّتي لي، في سلّة القمامة. جدّتي قالت إنّ كلّ ما يحدث لنا إنّما يحدث بمشيئته.

لِمَ يعاقبني الله بالنار والكبريت وكأنّني سدوم وعمورة؟ ربّما لأنّني كذبتُ على جدّتي يوم سألتني هل تناولتُ شطيرة اللبنة في المدرسة وأجبتها بالإيجاب؟

في الحقيقة، لم أتناول الشطيرة يومها ولا أعرف السبب. ربّما لم أكن جائعًا أو ربّما سقطت من يدي في تدافع الطلبة في ساحة المدرسة الصغيرة، لا أذكر. لكنّني لم آكلها.

هل يعقل أنّ كلّ ما يحدث لي هو من جرّاء عدم تناولي شطيرة اللبنة؟

***

وحدها النشاطات الدينيّة كانت في جدول حياتي هناك لأنّني أُجبِرتُ عليها وفقًا لسياسة المؤسّسة ذات الطابع الديني، ولم أعلم سبب إعفاء ذاك الطفل الغريب الأطوار منها رغم قوانينهم الهتلريّة.

كان دفتري الصغير سلاحي الكبير. بيراعة انطفائي كتبتُ عن سقمي الموجد في لِحف ذلك الجبل. أكتب قبل النوم عن أمنياتٍ لها تفاصيل وجه جدّتي وأبذر الدفتر في وحل وسادتي لعلّ بذور تلك الأمنيات تنبت في أحلامي وتتحقّق.

كنتُ أُجَدوِلُ صفعات الحياة وخبائثها على ورقةٍ أكتشف أنّها لا تتّسع لأتسوّل فوقها وأرصّ أوجاعي جمعاء.

حلمتُ أن تختفي المدرسة من حياتي وأن تنتشلني طيور السماء من هذا السجن وتأخذني إلى بيتي في تنّورين، إلى حيث رائحة الخبز وكعكة القرفة واليانسون تتراقص من فرن جدّتي وعبق

الصابون البلدي يرشح من ثيابي وأخي. وقع في خلدي أن أعود إلى هناك، حيث كان الحبّ والأمان عادة لا حاجة.

في عام 1999 غُشي عليّ قبالة الطلبة والماميرات في العرض المسرحيّ السنويّ الخاصّ المُقام في المدرسة بالتعاون والدير احتفالًا بذكرى عيد الميلاد.

كم كرهتُ الأعياد، وتحديدًا عيد الميلاد. كانت هذه المناسبات أرضًا خصبة تستنبتُ وهني وكَدَري الموشّى بجلجلةِ ما لم تطوِه بصمات العُمر من نعتِ يتيمٍ تعرّق فيّ ولاحقني عارًا لا أستحقّه. الكلّ يغادر المدرسة ويحتفل وسط عائلته وأنا أدور حول نفسي وحيدًا كصوفيٍّ بلا وجهة.

لماذا أنا يتيم ووالداي على قيد الحياة؟

نُقِلتُ إلى المستشفى القريب من المدرسة والأصوات في رأسي تتأجّج قرع طبولٍ تنعقُ في جنازة.

تطالعني صورة جدّتي من السقف وأنا مُلقى على السدية ومن حولي الظلال تتقافز مذعورة. كيف لمراهقٍ في الصفّ العاشر أن يحاول الانتحار بالحبوب المهدّئة والراهبات لا يرمش لهنّ جفن في المدرسة؟ وكيف وصلت الحبوب إليه؟ هذا هراء وإهمال لا يجوز غضّ البصر عنه. يسأل الطبيب ويستنكر وجدّتي لا تزال تطالعني من السقف وتبتسم.

ماد السقف بي وكلمة أخيرة رَبَدَت في دمي قبل دخولي غرفة العمليّات...

يتيم!

***

كان يومي الأوّل في الحياة محمولًا فوق تختِ أسئلةٍ كثيرة شقّقتني واسترزقتني إنسانًا لا يثق بشيء.

أتذكّر شبح أبٍ وأمٍّ آلا فجأةً عن حياتي واستُبدل بهما وجه جدّتي. تغيّر المكان من منزل جدّتي ومدرستي الحكوميّة في تنّورين اللبنانيّة إلى المدرسة الداخليّة والدير في لندن... مدينة ما تطلّقت روحي إليها يومًا.

استجدّت الوجوه والجدران لكنّ الأسئلة المصطفّة فوق حبلٍ شنقني لم تفعل. ضلّت عالقة في ألسن الآخرين تهاجمني كثبان قلقٍ في صحراء وجعي.

«من أنت ومن هي عائلتك؟ ألا تملك في مسبحة حياتك إلّا خرزة جدّتك؟».

كان من السهل أن أقتنع بكلام جدّتي، ولكن كيف أُقنع الآخرين من رُفَقاء صفّي في لبنان ومن بعدها في المدرسة الداخليّة في لندن به؟

نعم، جدّتي هي والدي ووالدتي! تنفرج الأعين والآذان قبالتي مصوّبةً اندهاشها نحوي.

كبرتُ وأنا أتوغّل في الكذبة. أتراسي لم تصدّ سهام أسئلةٍ بقيت تلوكها قِصص الأطفال لأهاليهم في أثناء زياراتهم الشهريّة لأطفالهم: «ثمّة صديق لنا ليس له عائلة، يقول إنّ جدّته هي والدته ووالده».

كان الأهالي يزورون أطفالهم في نهاية كلّ شهر، إلّا أنا، اعتدتُ، في أوقات الزيارات الشهريّة، الوقوف وحيدًا في حديقة المدرسة صيفًا والجلوس لوحَ ثلج عند مدفأة المكتبة في الطابق الأوّل شتاءً، وانتظار والدتي يذيبني، لعلها تحنّ وترفأ رحمها المشقّقة وترأب صدعي وتتفطّن أنّ لها وديعةً في مكانٍ ما وعليها استردادها.

لكنّها لم تفعل...

كنتُ أسعد بزيارات العوائل للأطفال وكأنّني أجد فيها تعويضًا عن نقصي.

أذكر نافذة غرفتي الصغيرة العالية والمطلّة على الباحة الخلفيّة للمدرسة. كانت فضائي الوحيد وأملي الناتئ الظهر لرؤية أخي وجدّتي من جديد. أسبح بعيدًا وأشعرُ أنّ قدمي حطّت فوق تنّورين البعيدة، البعيدة جدًّا.

أضع كرسيًّا خشبيًّا لأنظر عبر النافذة العالية. أتذكّر سطل السمن في بيتنا وكيف كنتُ أجرّه وألصقه بالفرن لصنع قهوة جدّتي الصباحيّة.

الثلوج تجلّل الباحة، وأرواح الأشجار انسلخت عنها وتركتها جثثًا منتصبة تنتظر الربيع، فصل قيامتها.

وأنا؟ متى تمدّ قيامتي يدها وتنتشلني من هذا الموت؟

حتّى الطيور هجرتها موسميّة فما بال هجرتي؟ علامَ قرّرت أن تكون أبديّة؟

أخرج إلى حديقة المدرسة مشرّعًا يديّ إلى العدم كمن يتلقّف صدر حبيب. أغمض عينيّ وأتخيّل حقل تنّورين وعصافيره الصادحة وضحكات أخي وصوته مُلعلعًا، «تعا... الحقني...». أتذكّر بيروت التي جَبَلَت لها تمثالًا في رأسي من زياراتي ربع السنويّة لها مع جدّتي للتبضّع. طعم شراب الجلّاب لا يزال نائمًا تحت لساني، ووجهي لا يزال رطبًا برذاذ البحر وهو يلفح صخور الساحل المتراصّة عند المنارة.

إلّا أنّ ثلج لندن الحارق سرعان ما يصفعني ويعيدني إلى مأساتي تحت غيماتٍ تعبسُ في وجه الطيور وتركبُ بعضها بعضًا من

كثرتها، لتتحوّل ومضة الخيال إلى شواظ حنين أُغلق يديّ عليها... وأبكي.

***

شعرتُ، وأنا أغادر أغلال المدرسة الداخليّة بعد عشر سنوات اشتدّ فيها عظمي وشقّ جسدي الفتيّ وانفصم عنه تاركًا روحي تصفّر دونما سند، أنّ مرحلة متشنّجة من حياتي ستبدأ، مرحلة النكش في أتربة الماضي وفتح صناديقَ كساها الزنجار لعلّني أميط اللثام وأتأبّى هذا المصير الذفر وأستقطبه وأُمنطق ما قد يلغي علامات استفهام كثيرة تُذيّل جُملي.

زحزحتُ صخرة الماضي عن حاضري وحملتُ مستقبلي سلاحًا بيديّ وكلّي ثقة أنّ لا أوّل إلّا تلاه آخِر لأنّ سعة عدل الله ستوسّع كلّ ضائقة حطّت عليّ.

شققتُ ترعةً لم أدرك عمقها لعلّني بهذا التحدّي أروي البستان وأنقذ بقايا محاصيلي.

لم أستسلم للعزلة بعد خروجي من المدرسة الداخليّة وأنا أكاد لا أعرف مشجبًا أدحس فيه أملي أو ذخيرةً أعارك بها هذه الحياة إلّا جدّتي التي عرفتُ أنّها ماتت بعد سنة من تَركي لبنان وقدومي إلى لندن، ماتت قبل تسع سنوات. تفشّى السرطان في أنسجة جسدها وقتلها. رحلة عذابها لم تكن طويلة. غلوة واحدة في ركوة القدر وانتهى كلّ شيء. التهمها مرضٌ لا يشبع. ماتت وحيدة في تنّورين البعيدة وهي تنتظر حبيبها العالق في شِباك الرحيل لتكتحل عيناها بلقياه.

أسئلة كثيرة سحقت رأسي قباقيبَ في أرجلٍ هائجة. هل تعذّبت قبل أن تموت؟ من دفنها؟ من رافقها في رحلتها الأخيرة من سريرها في تنّورين إلى قبرها في بشرّي؟

هل ثمّة من حمل نعشها ووقف في جنازتها؟ هل تجرّأت عمّتي وذهبت إلى تنّورين بعد فضيحتها المجلجلة هناك عندما علمت القرية خبر حملها وهي غير متزوّجة؟ هل فضّل والدي مقارعة امرأة على السرير عِوضًا من الانتصاب في جنازة رتيبة قد تطبق على نفاسه؟

هل خرج جدّي من قبره مرحّبًا بحبيبةٍ صُمّ صداها عنه منذ سنوات؟

أخفَت والدتي القاسية خبر وفاة جدّتي عنّي بطريقةٍ مُلغّزة، كما مصير أخي غير الشقيق الذي عاش في دبي مع والدي بعد وفاة جدّتي.

كلّما زارتني في المدرسة واستوضحتها عن فادي وجدّتي تبالهت ولم تحرَ جوابًا يريحني واكتفت مرارًا بالقول إنّه لا أخبار عنهما في كنانتها.

كانت تكذب. كانت تعرف كلّ شيء...

كانت تعرف وقتها أنّ جدّتي ماتت وأنّ فادي غادر مع والدي إلى دبي. لكنّني حتّى الآن لا أدرك سبب تكتّمها عن كلّ هذا.

هَمَدَت زمزمات اهتمام والدتي بي قبل أن تشتعل، وخوف الأمّهات المُنصَلِت على أطفالهنّ من كلّ شيء تجلّى غيمةً من الإهمال في صدرها. لم تكن سخيّة بعد شحٍّ ولم تبدِ اكتراثًا لخروجي من المدرسة، حتّى إنّها لم تدعُني للبقاء في منزلها. حوّلت مبلغًا من المال إلى حسابي المصرفيّ وطلبت منّي تقديم أوراقي للجامعة والمكوث في الأقسام الداخليّة.

قالت لاويةً عنقها إنّها ستتكفّل بما أحتاج إليه. هذه هي باتريسيا ولن تتغيّر. الحياة بالنسبة إليها خزينة أموال قادرة على الاتجار بالسعادة.

لم أعدم سبيلًا للانعتاق من وجعٍ أكول اعتورني لم أعرف له ترويسة ولا منتهى. جاهدتُ لتبديده لأتغربل منه ولأُرمّم أسوجة حياتي الهرمة غير القادرة على انتشالي من عواء ذئابٍ صاخبة تجمهرت حولي في تظاهرةٍ لتجتني الحرّيّة وتُسقط الدكتاتور.

كسرتُ مرآة الماضي لئلّا أرى انعكاس وجعي في قصديرها وجعلتُ أقنعُ نفسي بشيءٍ أبله قد يلحم خدوش طفولتي ويُسَكِّن كدمات مراهقتي المُثقلة بجوالق الحرمان.

«ربّما لأنّني كبرت فباتت والدتي لا تلقي بالًا وترمي دموعي دُبر عينيها»،

أقول ونفسي، فيأتيني الصدى من بعيد متخصّرًا...

«وهل اهتمّت بك مثقال ذرّة عندما كنتَ صغيرًا؟»،

التحقتُ أوّلًا بجامعة ساينت ماري وأمضيتُ فيها أربع سنوات أثمرت شهادةً في اللسانيّات. تنقّلتُ بعدها بين دبي وكندا لإكمال دراستي العليا في النقد الأدبيّ. بعد ذلك أمضيت أربع سنوات في لبنان حيث ما ألوتُ جهدًا إلّا بذلته لأتترّب بالوطن وأصلح ما أفسدته الغربة في عروقٍ باتت متخشّبة.

قرّرتُ العودة إلى لبنان الذي غادرته في عام 1992، وكنت بذلك أُقامر بما بقي لي منّي.

كنتُ طفلًا في أواخر العشرينيّات تعثّر بألف خطوة وحبا آلاف الفراسخ في الغربة قبل أن يقف على قدميه في بلده. صرخ بكلّ الأصوات وتلعثم بجميع الكلمات قبل أن ينطق اسم وطنه.

تمنّيت لو أنّ بيروت لم تستقبلني في عام 2012. يا ليتها طردتني وبصقت في وجهي وأنّبت طفلًا لم يكبر داخلي وبقي مشوّهًا بجسدٍ انحنى وشاخ قبل أوانه.

رجعتُ إليها متملّصًا من غربتي خائبًا كعصفورٍ جريح بهظهُ الحنين في قفص سماءٍ أخرى.

قَرَّبَت بيروت رأسي من صدر بحرها ولفّتني بوشاح ساحلها تهويدةً حانية. مسّدت كتفيّ بغيمةٍ من سقفها وسايرت دموعي بزخّة.

ولأنّني ابن لبنان العاق، اعتدتُ أن أنكر عروبتي وأنا خارج بيروت في معرض الجلسات البريطانيّة في نهاية الأسبوع بصحبةِ أناسٍ مدبّبي الأنوف لا يلفظون حرف ال(R). عيناي الزرقاوان وشعري الأشقر وبشرتي الفاقعة البياض سهّلت عليّ مَهمّة الكذب. يقولون عنّا دول العالم الثالث المتخلّف. أهز رأسي موافقًا وأبكي في جوفي رافضًا وصارخًا في وجوههم النيئة.

أحبُّ وطني وأخجل به... كم عذّبني هذا الشعور المعضلة.

«جذور أجدادي عربيّة».

أجمّل كذبتي أمامهم كي تسامحني بيروتي التي أراها تتلصّص عليّ بعينيها الحزينتين من خلف الروشة.

أعود إلى شقّتي محتفظًا بحقّي الشرعيّ في عشق لبنان، الرصاصة التي لم تُخطئني.

أقف قبالة المرآة مُقلّبًا صور الماضي فيها، لعلّ قصديرها يحتفظ بشيءٍ منّي. لكنّني لا أجد إلّا لندن اللعينة متخصّرة في بؤبؤيّ.

لم تمنحني بيروت فرصة لكرهها وإخراجي منها. كأنّها جرشتني رملًا في شوارع الأشرفيّة ورَفَعَتني طلحةً في حديقة الصنائع.

بيروت مدينة تجبرك على حبّها والتعلّق بعبثيّتها. تُدمن صفير سيّاراتها المزعج واختناق شوارعها بالأحذية الممزّقة المُزاحمة للجلود الفاخرة المدبوغة بعرق من لا لقمة في بيته.

لن أنسى تلك الليالي. أخرج من بناية سرسق في مار نقولا حيث سكنت وأخطّ طريقي نحو ساحة ساسين. أطالع العَلَم المنتصب هناك. أبتسم له، يردّ الابتسامة برفرفةٍ خفيفة.

أمشي كثيرًا جارًّا ورائي ظلّ صورة فيروز في الجمّيزة، مار نقولا، شارع سبينيس، ساسين، السوديكو، درج غلام، فرن الحايك، الصيفي. أصلُ إلى ساحة الشهداء والبحر يقابلني بأضواءٍ منعكسة عليه تتراءى لي وكأنّها دموعٌ منسيّة في عينيه.

العلم مُتعَب والبحر حزين وأنا في ساحة الشهداء، ثُلاثيّة أرهقتني لسنوات وجعلتني أتساءل: هل أنا من بيروت أم هي منّي؟ هل أنا والدها أم هي أمّي؟

أعود مجدّدًا إلى شقّتي وبعد دقائق أقرّر المغادرة. أتّصل بتاكسي تشارلي ليأخذني إلى عين الرمّانة. أقف قبالة تمثال الرصاص وأستنطقه ما حدث.

مِنطقة عين الرمانة مظلمة وإن كانت مضاءة. هل يخجل هذا الحيّ من ماضيه؟ هل يحاول التستّر على فضيحة بوسطته التي جلبت العار للبنان؟

فشلتُ في بثّ نفسي إلى بيروت. أربع سنوات وأنا أقف على خطّ التماس بين وطنٍ أفنيتُ حياتي في حبّه دون أيّ سبب وأحبّني لأنّني ورقةً سقطت من جذعه اليابس، وبين أوطانٍ أخرى مزّقتني بسكاكين لهجاتها وموروثاتها.

كنتُ كطابع البريد، لا يُختم بوطنهِ إلّا ليرحل عنه.

غادرتُ بيروت وأنا أمشي في جنازة أملٍ عشتُ لأجله. أمل الانجبال في وطني بعد الغياب لأمسك مسمار عجلة حياتي وأخطّ طريقي من جديد.

الغربة تجرّني من يدي وأنا أتكمّش بثوب الوطن طفلًا يُقْصونه عن أمّه.

من يومها ورغبة دائمة في البكاء تجتاحني.

هل أضعتُ بيروت أم أضاعتني؟

غادرتُ بيروت مُثقلًا بالحنين، وكان هذا أصدق ما حمّلني إيّاه الوطن.

سبتُ من لبنان ومن نفسي وانهجستُ عن مسعاي في بلوغ الأرض إذ أدركتُ أنّ متاهتي بلا مخرج فقرّرتُ الانخراط في العمل الإنسانيّ في العراق وسوريّة ومن بعدها المغادرة إلى الأبد عن الشرق الأوسط ولندن والاستقرار في كندا...

ويا ليتني لم أفعل...

لن أنسى يوم الإعلان عن أسماء المقبولين في جامعة تورونتو في مطلع عام 2017. كانت فرحتي لا تضاهيها فرحة. شقّت بسمتي طريقها من شحمة أذني اليمنى إلى شقيقتها اليسرى عند سماعي الخبر.

لم أدرك يومها أنّ قبولي في تلك الجامعة وفي ذلك القسم على وجه التحديد سيكون ثمرةً مسمومة سأبتلعها وسأُزجّ بعدها في زنزانةٍ بلا مفاتيح، كما لم أدرك أنّ «فرح» ستترك في قلبي المُستهام وشجًا لا ينطفئ وفجوةً لن ترتقها أفراح الدنيا.

ثنائيّة صهيل الوجع

الصهيل الأوّل

وجوهٌ في حداد

للحنين مخالب تتكمّش بأعناقنا ولا تفلتها إلّا مُدمّاة.

1

«المدن تموت كما البشر».

خالد خليفة (لا سكاكين في مطابخ هذه المدينة)

بغداد – أيلول – 2016

في زمن الحرب، أضحى الموت لعنةً تجوب مجاهل بغداد مرتديةً ثوب رجلٍ قبيح متوسّط العمر.

«السلام عليكم»، يقول الموت بصوتٍ بغداديّ عتيق ويدخل مقهى الشابندر. يسحبُ كرسيًّا خشبيًّا عجوزًا ويجالس رجالًا مختلفي الأعمار يتحدّثون عن بطولات الشيخ ضاري الزوبعي في ثورة العشرين، ويفاخرون بروّاد المسرح العراقي من حقّي شبلي ومحمد القبّانجي. يتذكّرون التلفزيون العراقي وأمل المدرّس وهناء الداغستاني ومديحة معارج.

هذا الماضي المجيد يستفزّ الموت فيقرّر مباشرة الرجال لعب النرد ليصمتوا عن دلق سخافاتهم المؤرَّخة.

يربح الجولة الأولى، يفخر بنفسه... فهو لا يعرف في الحياة إلّا طعم النصر. ينكثُ الحظّ بوعده، ينهزم في الجولة الثانية، يتميّزُ

من الغيظ كفرقعة نراجيل الرجال. يرمي النرد أرضًا، يغلق دفتيْ لوحة اللعب ويهمّ خارجًا. وقبل أن يخرج يضغط على زرّ عُبوّة ناسفة ويفجّر المقهى ويقتل المنتصرين والخاسرين.

يغادر الموت المقهى حانقًا على صلف الرجال المتبرّجين بتأريخ وطنهم ومنتشيًا ببقعِ دمٍ لطّخت ثيابه بالغَلَبة.

يطالعه محمّد الخشالي ويسأله...

«بأيِّ ذنبٍ تقتلُ أولادي؟».

يترنّح في سوق السراي ويصل إلى تمثال الرصافي المصطجّ بقرون الشمس. يتابع السير حتّى دجلة. يلمح امرأة تغسل ثيابًا عند ضفّة النهر. يزحف إليها، تلمحه من البعيد، تخاف. تلملم الثياب وتزجّها في طشتها الصغيرة لترحل قبل أن يقترب الغريب، لكنّه أسرع منها.

يخلع قميصه وبنطاله. تخاف المرأة. يمدّ يده الممتلئة بالثياب المدمّاة ويأمرها بغسلها.

«سأغسلها بسرعة. عليّ العودة إلى المنزل لأنّ زوجي ذهب ليلعب النرد ورفاقه. سيعود عند الثالثة ويجب أن أعدّ الغداء له ولولدي».

يبتسم الموت. تتبدّى أسنانه ثمّ يُفجّر ضحكةً تُسيّل دموع عينيه. يحمل ثيابه المبلّلة ويمضي. وقبل أن يختفي، يلتفتُ إلى المرأة ويجعجع...

«لن يعود... لن يعود!».

ويستمرّ الضحك في جوفه...

سيشاهد بعد يومين أصابع المرأة التي كانت تغسل ثياب زوجها تنكش تراب قبره وتلطم خدّيها وتدقّ على صدرها بمطرقة

يديها وابنها يراقب بانوراميّة الفجيعة ولا يعلم لِمَ أصبحت ثياب والده بلا جسد.

«قلتُ لكِ إنّه لن يعود...».

2

الحلّ الوحيد للتحرّر من كروب الموت هو مقارعته.

ساحات الحروب، وما أكثرها في أوطاننا، كانت متنفّسي الوحيد. انخرطتُ بعد مغادرتي بيروت وقبل عودتي إلى كندا، في العمل التطوّعي مع جمعيّات إغاثة تغطّي البقع الساخنة في الشرق الأوسط.

بدأتُ ببغداد حيث يبرح الأموات قبورهم بصمت وكأنّها أسرّة يغادرونها بين أوانٍ وآخر. ينكشون التراب وينبثقون. يطوفون البيوت ويُقلقون المنامات ويضعون أوسط أصابعهم في عيون قاتليهم.

ستتحوّل أكفانهم إلى نُصبٍ تخلّد التاريخ.

القبور تنتظر زبائنها بشغف لكنّها تجهل ورطتها بأجسادٍ أرواحها لا تموت.

انطَلَقَت رِحلتي من أماكنَ قالوا إنّ الحروب تتزواج فيها وتنجب أناسًا مَسَخَتهم صافرات الإنذار والقنابل العنقوديّة أجنّةً وُضِعَت من غير تَمام. مَواطن هلاك يبرمجها إبليس من أرضه السابعة. أماكن تحوّل فيها القتل إلى المفتاح الأسلس لاختراق أيّ منزل وأيّ جسد.

البشر هناك في حَيرة. يعرفون أنّهم بيولوجيًّا لم يموتوا بعد، لكنّهم لا يفقهون سبب شعورهم السرمديّ بأنّ أرواحهم شُنِقَت في عام 2003 بمباركة قانون الحرّيّة في محاكمةٍ مجّانيّة تكيل بمكيالين، قاضيها حرب ومطرقته بندقيّة.

انقسم البشر في بغداد إلى قسمين... أمواتٍ رسميّين بشهادة وفاة صادق عليها الله ورفضها ذوو الميّت طالبين الاستئناف، «ظلم... والله حرام، بعده بعزّ دين شبابه»، وأمواتٍ مُزَوَّرين بأفواهٍ تمضغ الطعام بلُعاب الخوف وقلوبٍ تدقّ مقامةً كاتيوشيّة ودماءٍ تجري لاهثةً في عروقٍ شقّقها اليأس.

إنّها المبارزة اليوميّة بين الحياة والموت. الصراع الأزليّ بين إنسانٍ يدفن خوفه في وسادته ويشقّ طريقَ صباحٍ لا يعرف إن كان له فيه عودة أم تذكرة إلى عالم آخر، وبين الخوف من انفجارٍ يلبس خمار سيّارة أجرة أو من عُبوّة ناسفة تستجمّ في مقلب نفايات.

هل كنتُ أتعامل وعملي التطوّعي لصقًا بالموت وبمن اختبره، بأنانيّةٍ استعملتها لتطبيب أوجاعي وغزل خيوطها صوفًا يقيني بردي لعلّني أستنبط منها الشفاء وأستسخف مأساتي أمام هول فواجعَ عايشتها في بلدانٍ شظّاها الفناء وشاطها إلى دهاليز الرعب؟

لا تنبثق الحياة إلّا من جوف الموت. كما البذور تُطمَر لتُزهِر، كان يقيني أنّ في العلقم حلاوة وفي الألم فرَجًا وفي عرامة الدموع الجاعفة ابتسامات خجولة تنتظر مواسم القطاف.

هذه المرّة قرّرتُ المبادرة في الوجع. لن أفتح صدري في وجه بندقيّة الصدف. شددتُ رحالي إلى حيث قالوا إنّ الشمس استحت من نكبات البشر وهجرت الصباحات جارّة معها فيالق عصافير بغداد وأنغام زقزقة تنوح مع كلّ صندوق يُفتح ليُصيّر قبرَ شهيد. وما

نفع الألقاب – الشهيد، البطل، عريس السماء، المجاهد – وقلوب الأمّهات تندب أولادهنّ وترثي أزواجهنّ وتُكوى بشآبيب الفراق؟

لم أصدّق أنّ هذه المدينة الشاحبة بِصمتها والغارقة في كثبان الموت هي بغداد التي حدّثتني عنها الكتب. قلعة الأسود؟ لم أرَ أسودًا في الشوارع. لم أرَ إلّا بقايا بشر ينتظرون الرحيل. يزفّون أمواتهم في أعراسٍ تكلّلها القبور وينعون أفراحهم المشبّعة بالهموم.

الأجساد هناك تترقّب تهتّكها، والدفّان ينتظر أن يطمر قِصّةً جديدةً، والعيون تراقب وتتجهّز للبكاء.

من مدينةٍ إلى قرية ومن عائلةٍ نَكَبتها الحرب إلى أخرى تلاشت ولم يبقَ منها الكثير ليُروى، من يتيمٍ إلى ثكلى إلى أرملة، كانت جولاتي تبدأ صباحًا وتشارف آخرها بعد خروج القمر من رحم الشمس معلنًا عقوقه عليها.

أجول وحيدًا والخطوات توقظ فيّ جراحًا نائمة عن لبنان. الطرقات في بغداد كما بيروت ودمشق... حمراء وكأنّ شوارعها قد حاضت.

بلداننا تتقاسم الوجع عينه. وجع الأوطان الحائرة كأمٍّ أضاعت أطفالها في جراب الهجرة والطائفيّة وفي موتٍ وبّر الشعوب في زوايا الأرض.

أهيم فوق الأسفلت وفي وجهي غضب الكون وفي صدري ضعف ألف أبٍ لم يقوَ على حماية أولاده من تشبّب شرر الموت.

أشعر أنّ أحدهم قذفني إلى مسرح سيفور لحضور أوبرا ميكادو... السخرية نفسها من هذا القدر التافه وهذه السياسات العفنة.

رجلٌ مسنّ يحرس بناية أحرَقَتها مِبخرة الحرب. ليس فيها أحد. كانت مجمّعًا تجاريًّا قبل أشهر وهي الآن مقبرة. لِمَ يحرس هذا الرجل المكان المُدمّر؟

اقتربتُ منه. كان غارقًا في كرسيٍّ بلاستيكيّ متضعضع ويدخّن. سألته... نظر إليّ، لم يفهم لبنانيّتي. جلستُ على ركبتيّ، عاودتُ السؤال بخليجيّة مُعَوّقة فأتاني الردّ من رجلٍ يقف خلفي...

«كل عائلتة ماتت هْناية بالانفجار. خطيّة تخبّل الرجال. إنت منين جاي أخوية شو شكلك مو عراقي!».

هل كان الرجل يحرس عائلته الميتة؟

ربّما أراد حمايتهم من انفجارٍ آخر قد يقتل أرواحهم...

تكرّر نفس المشهد في زيارتي – الارتجاليّة – الأولى والأخيرة لسوريّة إثر حوادث الغوطة لتغطية إعلاميّة كلّفتني بها المؤسّسة التي كنت أعمل فيها.

فتاةٌ صغيرة لا تبرح أطلال منزلها المنهار حيث يخالط عبق الياسمين روائح الدم.

«أمّي وأبي بذور»، قالت ولم يفهمها أحد.

***

صور الأموات المصلوبة في كلّ شارع وفي كلّ زقاق من بغداد أكثر من المارّة. أشاهدها تتحرّك وكأنّ من فيها يتنفّس. للحظة شعرتُ أنّ بغداد طريق آلام معاصرة، مدفنٌ كبيرٌ أُنشئ على عجل يتمشّى فيه الأموات على أقدامٍ فلّقتها أكذوبة الحرب. يضحكون ويبكون، يأكلون ويشربون... ويموتون ثانيةً، لعلّهم بموتهم يحيون.

أصـداء ضحكاتهم عالقة فـي الأحـيـاء ومحـزَّمـة بين شقوق جدرانها. كلّ من عرفهم سيسمعهم يصبّحون ويمسّون عليه. هذه القبور كاذبة وفارغة، لا يصدّقها أحد.

ذكرياتهم لا تزال طازجة. بذور أحلامهم في الزواج والإنجاب والتخرّج والعمل والسفر والموت على فراش المرض بعد سبعين سنة محاطين بأولادهم وأحفادهم باقية في سلّة الغد تنتظر مَن يطمرها في تراب الوطن لتنبت. من سيتبنّى هذه الأحلام اليتيمة؟ من سيزفّها حقيقةً والإكليل احترق والأشابين ماتت والعرس استحال صيوانًا؟

لا بيوت للأحياء ولا قبور للأموات. الحيّ في هذه البلاد مشرّد والميّت تائه.

انفجارات مزدوجة في مدينة الصدر وحـيّ السنك والباب الشرقيّ والكرّادة. تغصّ مستشفيات الصدر والكندي وابن النفيس بالجثث. أقول الجثث لأنّهم لا يعرفون من منها لم يمت بعد فالكلّ في عداد الموتى حتّى يثبت الطبّ العكس، كلّهم الآن مشروع جثّة قد تتنفّس.

تصل سيّارت الإسعاف إلى المستشفيات، تُنزل أكوام اللحم، منهم من وقف الحظّ في صفّه وحصل على سدية ومنهم من تُرِك على الأرض ينتظر أن يموت أحدهم ليأخذ مكانه.

تتصّل الممرّضات بعوائل الجرحى، أو القتلى. تصل الوفود المفجوعة. تركض أمٌّ بعباءة سوداء تلحقها كشبح.

«وْليدي... عِمَت عين أمّك عليك!».

جثّة ابنها متفحّمة لكنّها عرفته. «كيف؟»، أسأل نفسي وأنا أسجّل الوقائع.

وهل تنتظر الأمّ أن تلمح وجه ابنها لتعرف أنّه قد احترق؟ هل يحتاج قلب الأمّ إلى مكالمة هاتفيّة من ممرّضة لتبلغها أنّ ابنها قد رحل بلا عودة؟

مَن يفلتُ مِن المجزرة يغادر المستشفى وجهًا بلا جسد وجسدًا بلا وجه. يفكّر في الهرب، السفر، الموت، الهجرة، الانتحار، البصق على أوباما تخليدًا لحذاء مُنتظر الزيدي، ممارسة الجنس مع مُجنّدة أميركيّة، شتم حزب البعث العربي الاشتراكي والإغارة على خليج نيويورك وإسقاط تمثال الحرّيّة انتقامًا لابن العوجة.

أمّا ذوو الضحايا فيبحثون عن غائب. يطاردونه في عتمة النهار. يطالعون نوافذَ بناياتٍ شرّدها صوت الرصاص، لعلّ الموت كان مزحةً ثقيلة من أحدهم ولعلّ الوجه المُنتظَر يطلّ من بين شقوق الجدران مُلوّحًا بسُباعيّة النصر.

ولكن ما نفع النصر وأنت بلا أصابع؟

ما الأصعب: انتظار الأحياء على أمل اللقاء، أم انتظار الأموات على أمل الـ...؟

أيّ أمل؟ وهل تتقابل طرقات الموت والحياة؟

لمحتُ لافتة كُتبت عليها أسماء سبعة شهداء من صُلبٍ واحد قُتِلوا في تفجير مجلس عزاء فانقرض رجال العائلة دفعةً واحدةً. يا إلهي، ما كلّ هذا الدمار! كيف تتبدّل الأدوار وتتحوّل في لحظة من واقفٍ في عزاء لتأدية الواجب إلى نائمٍ في قبرٍ تودّع محبّيك؟

حتّى مجالس العزاء نالت قطعةً من كعكة الحروب المصنوعة من أجود أنواع المُحلّيات الأوروبيّة بإشراف طبّاخين عرب متخصّصين درّبتهم خبرات أميركيّة متفانية في عرض خدماتها المجّانيّة.

الصور تملأ الشوارع وأسباب الموت مختلفة. هذا استشهد في عُبوّة ناسفة، وذاك خُطِف من منزله. عائلة اختفت وامرأة ذُبِحَت ورجل تقطّعت أوصاله.

في بغداد لا تشاهد لافتة تنعى شخصًا مات في بيته جرّاء مرض عضال، وكأنّ من مات ميتةً طبيعيّة يخجل من أن يراصف اسمه أسماء من قتلته فواجع الحرب.

***

أعود إلى فندق عشتار شيراتون في ساحة الفردوس في وسط العاصمة حيث أقمت بعد استعذابي عن البقاء في المِنطقة الخضراء المُحصّنة خونة الوطن ولصوصه لأبتعد عن وجوههم الوقحة السائرة في تشييع ضحاياها، وأياديهم القذرة الحاملة نعوشًا كانوا أوّل من دقّ فيها مسمارًا.

إنّهم صنّاع الموت ومستوردوه بأبخس الأثمان. يقفون وقفة المهرّج الأبله في سيرك تديره القوى العظمى بتذاكر باهضة الثمن تُدفع من خزينة أرواح المساكين ودموعهم.

أخرُج إلى الشرفة المطلّة على نهر دجلة المنخفض المنسوب.

«هل سرقوا مياهك يا دجلة الخير يا أمّ البساتينِ؟»، أقول بصوتٍ ينفث دخان غضبي أعمدةً حائرة يكسّرها الهواء.

كم هي غير عادلة وغير متكافئة تلك الحروب. قاتَلوا الشعب بأسلحتهم العبقريّة في وقتٍ لم يملك فيه العراقيون إلّا سلاحًا واحدًا... حلمهم بوطنٍ يلملم خوفهم المبعثر على أرصفة حزبٍ سابق حَكَمَ العراق لسنوات وأجبر الكثير على الانخراط في صفوفه.

حتّى طلبة المدارس لم يستثنِهم جنون السياسة هذا فخلقوا الرعب والعنف في قلوبهم على شاكلة فدائيّي صدّام وأشباله وكأنّ

العراقَ دغلٌ يتطلّب سكاكين تذبح وأسنانًا تفترس عِوضًا من أيادٍ تكتب وعيونٍ تقرأ.

هل كان على الشعب العراقيّ تحويل صفحات الوَفَيات في الجرائد إلى أشجار عوائل مشتعلة الأوراق ودفاتر مؤرشَفة بموتٍ لا تنقطع أنفاسه؟

هل كان عليهم الخضوع لسلطة الحرب؟ تلك العجوز التي لا تملّ، منذ سنوات، من حياكتنا، نحن العرب، بَكَرة صوفها غير المنتهية. تحوكنا أجسادًا تستحرم الفرح، أجسادًا كانت ملساء، أتى الموت وتفوّق عليها وشعّثها مضرّجًا إيّاها بسلطانٍ لا يخنع.

أشجار بغداد تطالعنا بقلق. تنكمش على أوراقها وتغمض عيونها تحسّبًا لأيّ انفجار. لا تثق بالبشر، عَلاقتها بنا تشوبها ألف أزمة. نقصّها من جذورها ونصنع منها ورقًا تُكتب عليه معاملات الدولة التافهة. نتبوّل عليها غير مكترثين بسنواتٍ طوال أمضتها منتصبة تسرّج شوارعنا، وأخيرًا بدأنا نحشر العبوّات الناسفة خلفها.

أراقب ساحة الفردوس من مدخل الفندق وأتذكّر مشهد الملهاة المأساويّة لدخول القوّات الأميركيّة بغداد. نيسان الكئيب نفسه من عام 2003. «البسطال» الأميركيّ يرفس بغداد ويُجهِض أحلامها. يفضّون بكارة العراق، حامي البوّابة الشرقيّة للوطن العربي، مذ ساعتها وأمّتنا تُغتصب فتاةَ ليلٍ ذليلةً سهلة المنال.

وقتها استقبل الشعب العراقيّ قوّات التحالف، لا أعلم عن أيّ تحالف كانوا يتحدّثون، وقذفوا عناصر الجيش الأميركيّ بالورود عِوضًا من الرصاص. لم يغب عن بالي مشهد تدمير تمثال الرئيس العراقيّ صدّام حسين في هذه الساحة والرجال يتسلّقون قمّته ويصفعونه بنِعالهم. هل تساءل أحدهم من تلقّى صفعة النعل تلك؟ أو ربّما صفعة «البسطال»؟

بعد تخرّجي من الجامعة في لندن وفي صدد عملي مع الأمم المتّحدة طُلب منّي أن أحضّر بحثًا عن الفرد العراقيّ في فترة ما بعد الاحتلال فلجأتُ إلى أرشيف بعض المحطّات الإخباريّة للحصول على المعلومات المطلوبة ما بين عام 2003 أي في سنة الاحتلال وعام 2008 يوم كانت نيران الحرب الطائفيّة قد بدأت تخمد لتسلّم الشعلة الأولمبيّة لداعش، الكذبة الجديدة المُستوردة من الحكومات الرؤوفة القلب المُطالِبة بالعدالة الدوليّة والمُدافعة عن الكرامة الإنسانيّة المُحطَّمة.

لم يكن مشهد إسقاط تمثال صدّام حسين هو المشهد الأخير من المشاهد المُحقّرة لنا كشعوبٍ عربيّة تجهل قيمة بلدانها وتاريخها وحضارتها وتعجز عن رفس المعتدي، بل تلت ذلك سلسلة مُهينة حدّ الهذيان لمرتزقة يستوقفون المارّة ويأمرونهم بإظهار هُويّاتهم قبل العبور من مِنطقة إلى أخرى في العاصمة.

من هؤلاء؟ وكيف انبجسوا وكأنّهم عشيرة من الذباب حُبِست لأعوام في برميل نفايات فُتِح فجأةً؟ ميليشيات ومقاتلون من جميع الأصناف البشريّة والجنسيّات والعقائد. جنٌّ نَزَحَت من قماقمها إلى العراق ولا مطلب لها إلّا إراقة الدماء ونشر الجهل والتخلّف والتبعيّة العمياء لمعتقدات سخيفة أنتجتها عقولٌ مريضة وبائسة.

لا أعلم سبب بكائي وأنا أشاهد اللقطات الهوليووديّة لدخول الأوشاب المتحف العراقي وتجريده من آثاره. شعرتُ بألمٍ ينتقم منّي والمحطّات تتقاذف أخبارًا عاجلةً عن دخول الدواعش الأنذال متاحفَ عراقيّة وأماكنَ أثريّة أخرى وتحطّم تماثيلها بحصان طروادة الحرام والحلال. حتّى الأسمنت لم يسلم من جهلهم وبَلَغَته اتّهامات الكفر.

هل كان للشعب العراقيّ وقتها أن يشكر دول الغرب على سرقة آثارهم قبل سنوات وتأمين سقوف آوية لها بعيدًا عن مداميك جهل الجماعات المُتأسلمة؟ أم كان لهم الوقوف في طوابير أمام متحف اللوفر مطالبين بمسلّة حمورابي الجاثمة هناك منذ أكثر من قرن؟ هل كان لهم أن يصرخوا في وجه متحف برلين... «بوّابة عشتار عراقيّة... عراقيّة وليست ألمانيّة!»، أم العضّ على الجرح الغائر والاكتفاء بالنظر إلى الآثار المسلوبة كأمٍّ لا يحقّ لها احتضان ابنها؟

نجحت أميركا في تحقير صورة الشعب العراقيّ قبالة العالم العربيّ والعالم. سارعت المحطّات الفضائيّة الغوبلزيّة في بثّ ظاهرة «الحواسم» ومهرجانات مُذلّة أخرى عبر البرامج السياسيّة والإخباريّة لتؤكّد أنّ غزو العراق أمرٌ لا طائل فيه.

فجّروا الطائفيّة بين المناطق السنّيّة والشيعيّة لاعبين بديماغوجيّة على أوهن أوتار الشعب العراقيّ... الدين!

مئات، وربّما ألوف، العوائل الشيعيّة هُجِّرت من منازلها من منطقتَي الدورة والسيديّة في جانب الكرخ من مدينة بغداد ومناطقَ أخرى خوفًا على صورة الإمام علي المُعلّقة إلى الجدران من أن يحطّمها متشدّد. مئات الشيعة قُتِلوا في أثناء زياراتهم ضريح الإمام الحسين في كربلاء. لم يختلف الأمر كثيرًا على السُنّة والمسيحيّين والصابئة. كلّ طائفة وكلّ عرق وكلّ جنس نال من لُقم الدمار لبابًا.

أذكر، من خلال متابعتي سلسلة أفلام تسجيليّة تحصّلتُ عليها، مشهد دخول بعض الرعاع كالجنادب المسعورة إلى واحدٍ من قصور صدّام حسين ودوائر حكوميّة أخرى وسرقتهم أشياءَ تافهة لا قيمة لها، منهم من حمل كرسيًّا أو لوحة أو زهريّة، والأنكى من هؤلاء هو من كان يحمل حاسوبًا مندهشًا بكبر حجم جهاز التحكّم عن بعد خاصّته!

ظنًّا منه أنّ الحاسوب هو تلفاز ولوحة المفاتيح هي جهاز التحكّم عن بعد! يومها شعرتُ أنّ مَهمّة «ماما أميركا» تمّت بنجاح.

كيف طاوعتهم قلوبهم على سرقة بلدهم؟ مؤسّسات برمّتها نُهبت ودُمّرت. هل كانت هذه الحرّية الجيوبوليتيكيّة التي قطع جورج بوش الابن المحيط متبخترًا فوق بارجاته لمنحها لحفدة المتنبّي وهارون الرشيد ونازك الملائكة وبدر شاكر السيّاب؟

تركوا الشعب يحترق بنارِ جنّةٍ وعدوهم بها وانصرفوا يرضعون بشراهة الجيّاع أثداء العراق حتّى أتخمهم نفط البصرة وكبريت المشراق وفوسفات عكاشات.

هل من شاهدناهم على شاشات التلفزة يسرقون ويقتلون ويعيثون في شوارع بغداد جهلًا وفوضى ينتمون إلى نفس قوميّة معروف عبد الغني الرصافي ولميعة عبّاس عمارة وزها حديد؟ هل فعلًا شربوا من دجلة والفرات وتناولوا السمك المشويّ على حوافّ شارع أبي نؤاس وناظم الغزالي يحلّق عاليًا من الكرخ... «عيّرتني بالشيب وهو وقارُ... ليتها عيّرت بما هو عارُ...»، ليردّ عليه إلهام المدفعي من الرصافة... «خطّار عدنا الفرح، نعلگ صواني شموع، خافن يمرّ بالعگد، رشّ العگد بدموع»؟

هل كان أجداد هؤلاء الأشحّاء بالإنسانيّة من طلبة دار الحكمة والمدرسة المستنصريّة؟ هل كانوا يزورون شارع المتنبّي يوم الجمعة ويحثّون الخطى إلى ساعة القشلة ويجتمعون في مقهى الشابندر يحتسون الشاي البغدادي المُطعّم بالهال ويفاخرون بنضال أسلافهم في وجه الإنجليز؟ هل أكلوا يومًا من نخيل البصرة ومن سمك شطّ العرب؟ هل هؤلاء هم من حفدة مؤسّسي أوّل صيدليّة في العالم؟

لا أعتقد...

لا يخون بغداد من نام ملتحفًا بضوء نجماتها ومن سار في أزقّتها.

ملح دجلة وفيّ،

لا يغدره إلّا ابن الحرام.

3

منزل أبو جاسم في منطقة النعيريّة ترسّخ في ذهني. كم من الوقت سأحتاج لأحلجني من جذور قِصّته المرويّة على لسانه المكظوم الطافح بالفجيعة؟

كانت حياته عاديّة قبل أن تتحوّل إلى ثوبٍ خاطته إبر الموت. ربّ أسرة يغادر منزله قُبَيل اشتعال جمرة الشمس ليسبق صياح ديوك الحرب، الرصاص والصواريخ. يطارد الحافلات العموميّة ليصل إلى مكان عمله قبل السابعة. كان يعمل صباحًا في مؤسّسة الزيوت النباتيّة البعيدة نوعًا ما عن سكنه وبعد الظهر في مطعم فلافل. زوجته ثريّا توصل ابنهما وابنتهما إلى المدرسة وتذهب رأسًا إلى مركز الخياطة والتفصيل حيث تعمل في درز الثياب. عائلة بسيطة وأيّام يخيّم التكرار عليها، اليوم كما الأمس والغد كما اليوم وبعد الغد كما الغد وهكذا دواليك.

ما خُطّط في البيت الأبيض هناك، دمّر بيت القرميد الأحمر هنا. فصّلت أياديهم رداء الحِداد وألبسوه عنوةً لأبي جاسم الأشيب الذي لا يعرف من هو جورج بوش ولا كولن باول وكونداليزا رايس. لا يعرف كيف يلفظ أسماءهم. كلّ ما يعرفه أنّ خلافًا على أسلحة الدمار

الشامل المشكوك من الأساس في وجودها في العراق دمّر منزله وقتل عائلته.

كان صباحًا عاديًا من عام 2004. أبو جاسم يقود سيّارته التويوتا البيضاء طراز 1996 مغادرًا وعائلته مِنطقة النعيريّة إلى مِنطقة بغداد الجديدة القريبة منها لشراء كسوة العيد لأطفاله. غفلت عينه عن مدرّعةٍ أميركيّة مشّطت وأخواتها في الحقد شوارع بغداد حتّى شلّعت غبار دعسات العراقيّين من فوقها. محت ذكرياتهم وروائح ماضيهم عنها وزفّتتها بقير الحروب.

لم ينتبه إلى المدرّعة ولم يعِ أنّ غفلته تلك كانت السبب في امتطاء عائلته حصان الموت ومغادرة حياته.

وابل من الرصاص انهال من رشّاشات جنود بلاد الحرّيّة. ظنّوا أنّ السيّارة مفخّخة. ولأنّ القتل في الحروب لا يعترف بمنطق، ولا تُبوّبه محكمة العدل الدوليّة في سجلّات الجرائم، ومجلس الأمن لا يعرض أوراقه على الطاولات الممتدّة أمام مجموعة من قتلة العالم الطواغيت، لأنّ الموت الصريح أسهل بكثير من العيش على هامش شبه حياةٍ خنقها الخوف، كانت النهاية سَلِسة لثريّا وولديها.

أبو جاسم يروي قِصّته وابتسامة غريبة تنبلج من وجهه.

بعض الدموع تخجل من ثقل الأحزان المعشّبة فيها، فتنوب عنها ابتسامة سوداء تجيد الكذب.

«لِمَ لا تترك بغداد؟ لا أقصد التدخّل، لكن لا أجد مسوّغًا لوجودك هنا. فقدت عائلتك وساقك وبتّ عاجزًا عن العمل والبلد يدور في زار عفاريت الموت»، سأل أحد أفراد طاقم الترجمة أبا جاسم.

نظر إليه طويلًا قبل أن ينطق. للحظة شعرتُ أنّه سيصفعه أو سيبصق في وجهه. نهوضه المفاجئ أكّد لي ظنوني.

تقدّم أبو جاسم منه، ربّت كتفه وهمس في أذنه...

«وفّر لي وطنًا تعرفني أرصفته ووجوه قاطنيه، تلقي أشجاره عليّ تحيّة، تعانقني جدران بناياته وتشتاقني إن غبت. وفّر لي شارعًا يغنّي على رنين ملعقة الشاي أحرّكها في «إيستكان». وفّر لي هذا كلّه، وأعدك أنّني سأغادر منزلي ووطني. الوطن يا بُنيّ أشياء كثيرة فَشلَت الغربة في استنساخها».

تواطأنا جميعًا على الصمت بعد أن أدركنا سخافة ما نقول في حضرةِ من فقد كلّ شيء.

***

لم يكن انهيار حياة ذلك الرجل مختلفًا كثيرًا عن فاجعة أخرى التقيتُ وأبطالها.

عامر شمّاس توما هو ربّ عائلة مسيحيّة فقدت ابنها حسام الطالب في المرحلة الأخيرة في الجامعة المستنصريّة/كلّيّة الطبّ.

ليلتها كان عامر في الأردن وكانت زوجته دينا وولداه حسام وسيف وابنته سارة في بغداد. هاجم مسلّحون المنزل وربطوا العائلة إلى كراسي طاولة الطعام وكمّموا أفواههم وقرّروا، بعد سرقة المال والذهب، أخذ حسام، الابن الأوسط، معهم.

حسام لم يحمل شهادة الطبّ في يده. أمضى سبع سنوات يدرس لنَيل لقب طبيب. ذهب دمه ظلفًا وحمل أوسمة أخرى... شهيد، ملاك، عريس السماء...

هل أطفأت هذه الشهادات النيران المسعورة والناعقة في صدر عائلته وزملائه ومحبّيه؟ هل أعادت حسام إلى سريره وإلى جامعته ليُكمل سنته الأخيرة في كلّيّة الطب ويباشر عمله في إغاثة

ضحايا وطنه مِمّن ستلاحقهم بندقيّات الغدر والسيّارات المفخّخة الممسوسة؟

غادرت العصابة وأصوات صراخ العائلة مدفون في الكمامات. أرجل ترفس الأرض وأجساد تتلوّى في الحبال، ولا أحد يسمع.

حسام لم يعد إلى المنزل في اليوم التالي كما وعدت العصابة. أجهزوا عليه خنقًا ثمّ رموا جثّته في منطقة بغداديّة مهجورة. سمّاعة الطبيب التي حلم بها تُزيّن صدره أصبحت حبلًا خنقه وحوّله رقمًا جديدًا من أرقام ضحايا العراق.

ما آخر ما فكّر فيه حسام قبل أن يخنقه خلفاء إبليس في الأرض؟ والدته؟ حبيبته؟ جامعته؟ هل طلب منهم ترك جسده ليحيا؟ هل شتمهم أم استسلم لمصيره واكتفى بالصلاة؟

والدته تجول في المنزل بحثًا عنه. تُخرِج صورته من إطارها الخشبي وتستجديه العودة إليها. تدخل غرفته يوميًّا وتواظب غسل ملابسه وتغيير شراشف سريره. تبخّ من عطوره، تعلّق مريوله الأبيض وتضع السمّاعة في جيبه، وتبكي، لعلّها بالبكاء تنسى.

داهمها الحنين لابنها المغدور، ربّتت كتفه وأفاقته من غفوته، عانقت عينيه المتعبتين وقبّلته.

تجالسه لساعات تشكو فيها اشتياقها إليه، وعندما يغالبها الوسن تغطّي السرير وكأنّها تسجّي قبره بالتراب. تُقبّل وجهه المطبوع على وسادته، تُطفئ الضوء وتتركه يحلّق عصفورًا يقتفي شبابه المنحور.

زرنا قبر عائلة مرتضى (أبو جاسم) في النجف ومن بعدها قبر حسام في بغداد في مِنطقة الباب الشرقي. شعرتُ وأنا في المقبرتين كأنّ الأموات هناك في تظاهرة تعتصر الضمائر الميتة، وشواهد قبورهم لافتات تعلن احتجاجها على موت أصحابها المبكّر وتحتضن

أسماءً نادوهم بها ملايين المرّات قبل أن تذبل حروفها وتُـدَقّ في مرمرة صامتة.

هل ستنقل المحطّات الإخباريّة تفاصيل تلك التظاهرات اليوميّة؟ أم، كالعادة، ستُطمَر كما طُمِرت الأجساد من قبل؟

نبحث عنهم. عن أيّ شيءٍ يذكّرنا بهم. صوت، صورة، قِطعة ملابس أو حتّى رائحة. وعندما تعجز كلّ هذه الترّهات عن إعادتهم إلينا، لا نجد أمامنا إلّا المقابر. نزورهم، نُقبّل تلك المرمرة القاسية التي نتمنّى زوالها ونسامرهم.

كم هو مؤلمٌ أن تجالس روحًا كانت بالأمس جسدًا.

لم يكن كلّ ما سمِعناه هو عن عراق ما بعد الحرب، فعراق صدّام ما كان مرفرفًا فوق جناح يمامة. ما قيل لنا عن مجون عدي، الابن الأكبر لصدّام حسين، وتصرّفاته المشبوهة وغير السويّة ومطارداته فتيات بغداد في فترة التسعينيّات وجرّهنّ إلى سريره حتّى لو كنّ متزوّجات حضّني على التفكير، هل عرف الشعب العراقي معنى السلام والطمأنينة؟

«بعد محاولة اغتياله سنة 1996 أصبح عدي رجلًا مجنونًا مهووسًا بالجنس. سمعنا أنّه أُصيب بعجز بسبب الحادثة ما جعله ناقمًا على كلّ شيء راغبًا في الانتقام من شعبٍ لم يكن له يد في ما حدث. قيل إنّ صدّام نفسه هو من كان وراء محاولة الاغتيال إذ أراد تلقين عدي درسًا بسبب طيشه وتصرّفاته المؤثّرة سلبًا على سمعة العائلة»، قالت السيّدة ج.ق.

4

لم أغادر بغداد كما دخلتها...

خطوتي الأولى فوق تلك الأرض كانت بقدمي، لكنّ نظرتي الأخيرة إليها من مَدرج المطار كانت من جسدٍ يقتعد كرسيًا متحرّكًا.

تعرّضتْ سيّارة الأمم المتّحدة المخصّصة لتحرّكاتنا أنا ورفيقي مارك في أثناء رحلتنا البغداديّة لحادثٍ لم نعلم إن كان من تدبير جنود الله على الأرض أم ضربةَ حظٍّ كنتُ سأنال بسببها شرف الموت... لكن هيهات أن أُقلّد بذلك النيشان، وكأنّ الموتَ ترفٌ لا أستحقّه.

كنّا نغادر منطقة الكرّادة الشرقية وتحديدًا بعد عبورنا مُستديرة كهرمانة باتّجاه الفندق حيث كنّا نقيم في منطقة السعدون عندما سكتت الحياة من حولي واسودّت السماء رغم شراسة الشمس في تلك الظهيرة من شهر نيسان.

لم يكن ثمّة ما يجعل من الكرّادة مِنطقة مُستهدفة إرهابيًا إلى هذا الحدّ الجائر. من جهة لم تكن إلّا جسدًا يمثّل الشارع العراقيّ الحقيقيّ الحاضن جميع الأطياف والأديان، ومن جهةٍ أخرى كانت فزّاعةً تربك مخطّطات القوى العليا بالأسلحة، والسفلى بالإنسانيّة.

تنظرُ عن يسار محطّة بنزين «أبو أقلام» فيلمع في عينيك ضوء الصليب المعلّق عاليًا فوق كنيسة «مار يوسف». تمشي بضعة أمتار، وإذا بحُسينيّة عبد الرسول عن يمينك ترميك بسلام وتقدّم لك طبق «قيمة وتمّن» وتدعوك للاحتفال معها بذكرى دينيّة. هذه هي أزمة الكرّادة... لم ترتقِ بطموحاتهم. لم تصغِ لطائفيّتهم وعنصريّتهم فجلدوها بالبندقيّات ورجموها بالعُبوّات الناسفة.

فجّروا حُسينيّاتها ومطاعمها ومجمّعاتها التجاريّة واستراحاتها وبيوتها ولو طالوا السماء الرابضة فوقها لنسفوها ورجموا شمسها وجلدوا قمرها. فالشمس أنثى والقمر ذكر وبالتالي وجودهما في مكانٍ واحد يعني أنّ السماء قد تحوّلت بيت دعارة يؤويهما جهرًا!

***

لم أشعر بألم. كلّ ما شعرت به هو سخونة استغلق عليّ إدراك مصدرها. هل احترق جسدي؟

وجدتُ نفسي محاطًا بالأبخرة وكأنّني في زارٍ الصوت الوحيد فيه هو أنين مارك المُخترِق مسمعي المعطوب. لم أستطع الحراك من شدّة الألم وضاقت بي حيلتي أكثر عندما حاولتُ الصراخ وفشلت فقد كان فمي ممتلئًا برذاذ الزُجاج والدم والغبار.

رأسي خارج السيّارة المقلوبة وجسدي داخلها، مارك يئنّ، والإطارات ما زالت تدور، السائق اختفى، الزجاج الممتزج بالدماء يكفّن جلدي. كان هذا المشهد آخر ما ارتسم في بالي كصورةٍ معلّقة بحبل منهوش على حائطٍ افترسته الرطوبة.

علمتُ لاحقًا أنّ السائق مات على الفور متأثّرًا بقوّة عصف الانفجار. أمّا مارك وأنا فقد نُقلنا إلى مستشفى الراهبات القريب من موقع الحادث.

«أين مارك؟»، سألتهم ولم يجبني أحد.

لاحظتُ أنّ أنبوبة الأكسجين كمّمت فمي. حاولتُ الشرح، هممت برفع يدي وإذا بها تتمرّد على أوامري وتوارب في الامتثال. أغلقتُ شفتيّ مكوّرًا إيّاهما لأنطق بحرف الميم مرّة أخرى، لا فائدة. كنتُ كمن يحاول تهجّي حروف لغةٍ لا يعرفها. عجزتُ تمامًا عن النطق وعن تحريك أيّ مفصلٍ من مفاصل جسدي.

غادرتُ بغداد وحيدًا بعد أيّامٍ قليلة مع حراسة مشدّدة من الأمم غير المتّحدة. غادرتُ وكلّي ثقة بأنّ مطرًا ما سيهطل على قبور العراق لتنبت العظام المدفونة فيها وتُبعث الأرواح من جديد، لأنّ الأموات بذور كما ستقول لي الفتاة السوريّة.

ستشقّ الأجساد التراب لتبصق في وجه قادة العراق وقادة الغرب وكلابهم، أوصياء الموت والذلّ، وفي وجه كلّ من سفك دمًا عراقيًّا وكويتيًّا ولبنانيًّا وسوريًّا وفلسطينيًّا بريئًا بغباء الطائفيّة وبشهوة السلطة والنفوذ.

سيترك الأزواج قبورهم وسيلتحقون بزوجاتهم. سيغادرها الشباب وسيرتمون في أحضان أمّهاتٍ أمضّهنّ النحيب. سيقفز الأطفال من الحُفر الحقيرة تلك، فالقبور ليست سُرادقات عادلة لهم.

ألعابهم شاخت وهي تنتظر عودتهم...

روح مارك قرّرت البقاء هائمة في بغداد. في الطائرة كنتُ شبحًا لا ينطق ولا يؤتي حركة وكان مارك جثّة في صندوقٍ خشبيٍّ ينتظر أن يلامس تراب بيروت ليرقد أبديًّا إلى جانب والديه.

طَرَدَتنا بغداد. كأنّها لا تريد شَفَقة أو عونًا من أحد لأنّها مدينةٌ اكتفت بأهازيج أوجاعها وأوجاع نسلها.

بغداد لا تُرحّب بالمستطرقين على مأساتها. لا تفتح بوّاباتها لنا، هي ليست بحاجةٍ لأحد. هي بحاجةٍ إلى شيءٍ أوحد، أهلها

الحقيقيّين... أهلها الذين خُنِق بمسبحة الورديّة من صلّى منهم في جامع، وكُتِمت بسجّادة صلاة علاها الله أكبر أنفاس من كان في كنيسة يتناول القربان عند الهيكل. بغداد بحاجةٍ إلى أهلها الذين دَفَنَتهم الحرب ومنعت ذويهم من الوقوف في عزائهم. فلا عزاء لمن مات ظلمًا.

بغداد تنتظر رجوع أولادها إليها. ستصفعهم وتشتمهم وتعاتب تخلّيهم عنها، لكنّها أيضًا ستعانقهم وستبكي عنها وعنهم.

وأنا أغادر بغداد سألتُ نفسي إن كان يحقّ للأمكنة أن تعاتبنا. هل من المنطقيّ أن يلومك منزلك أو شارعك أو حتّى بحر مدينتك أو نهرها؟ يلومك على قرار الرحيل وترك ذاكرة تجرّ الخسارات؟ هل كان دجلة يعاتب الأمم غير المتّحدة المتواطئة والهجرة لتشتيت هذا الشعب في أصقاع الأرض؟ هل من العدل أن تتحوّل شعوبنا ذات الخيرات النفطيّة والثروات المعدنيّة إلى أناسٍ ينتظرون عطف الحكومات الغربيّة لمدّهم بنجداتٍ إنسانيّة لا عَلاقة لها بالإنسانيّة إلّا بتحقيرها؟

أكملتُ علاجي لشهرين في لندن وبعدها غادرتُ رأسًا إلى كندا.

الصهيل الثاني

ليتني لم أُخلق

أوقَدَتني هشيمًا،
وتناست إخمادي...

1

«مرّةً أخرى أفشل في أن أكون حيث يجب أن أكون».

مريد البرغوثي (ولدتُ هناك، ولدتُ هنا)

كندا، كانون الثاني 2018

وجودهم، من لم يحبّونا يومًا، في أحشاء قلوبنا وأدمغتنا، يفسدنا ويهلكنا. يقودنا إلى سفحٍ بلا قاع. يتركوننا مُعلّقين بين حياةٍ ميتة وموتٍ لا يموت.

يحسنون إلينا بترك مقاعدهم خاليةً لمُتعبين يقتعدون ما بقي منّا. فبعضُ الألم أهون من بعضٍ.

هكذا قالوا لي محاولين تطبيب ما أهرقه رحيلها عنّي.

تركتهم ينعقون وجلستُ منحشرًا بالأرض. تذكّرتُ لحظة عناقها يدي وكيف دسّت عينيها في وجهي المُبلّل ارتباكًا.

شعرتُ أنّني لن أحيا يومًا بعيدًا عنها وعن فردوسها الوسيع المنبثق من كلّ مسامّها. لكنّني أدركتُ أنّه ما كلّ رامٍ غَرَضَه يصيب،

وما أحاطني من السماء لم يكُ ظلًّا، بل سحاب صيف خُلّب نثرَ قحطه عليّ.

«شرّ ما رمته ما لم أنله»، كانت تعويذتي الأبديّة كي أتظنّن بالغدِ قنديلَ شفقٍ لا ينوص، ينير دهاليزي ويشطف عنّي حُلكتي.

أتحسّس أطرافي وذاكرتي، نعم أنا حيّ وأتنفّس، أتأرّق وأنام وأصحو وأتناول ثلاث وجبات في اليوم وأعدُ بلجم ذكراها وأسكر وأمارس الجنس مع غيرها. وأحلم... أحلم كثيرًا، وهذه أزمتي. فأنا لا أحلم بغير عينيها.

أجلس وحيدًا إلى طاولة الطعام، أتذكّر كم كانت تحبّ هذه الفاكهة، أقضمها، أغصّ بها، وأبكي سرًّا لئلّا أفضح ضعفي أمام نفسي التي عاهدتها ألّا أنهزم.

كنتُ الوردة العتيقة المُجفّفة في كتابها. ما إن تخلّتْ عنّي، حتّى غدوتُ رمادًا صَلَته في الماضي وأثوته فيه.

زرعتها في خبايا قلبي وخفتُ عليها من حركة أضلعي وتهادي أنفاسي. لكنّها، بحصافة الراحلين، ألقت ذلك الحبّ في قبرٍ أوحدته القسوة بلا شاهدة، لتذكّرني كم عزّاني إحساسي بها.

عشتُ في زنزانة ماضيها المُعوّق، وعاشت ذكراها مُتشرنقة في طيّاتي الجرداء.

حلمتُ أن أنساها، فسها عن بالي كلّ شيء إلّاها.

مذ يومها وأنا أذرف وجعي في أحضان نساء الليل النواهد. أتنقّل كالغجر من واحدةٍ لأخرى لعلّني أغتسل من آلامي وأهتدي إلى صراط انعتاقي من هذا القتام فأتطهّر من خطيئة وجودي في الحياة باقترافي خطايا جديدة تسرّع عبوري جحيم الأرض إلى جحيم السماء.

كانت أجسادهنّ المُستعملة تحتمل الكثير من عِثاري. يا الله كم شكوت لهنّ أوجاعًا أمرّ من الحنظل، وكم بكيتُ عند أقدام

أشجارهنّ أنشد الرحمة من السماوات. أُنزل حاجتي على الله وأنا أحوص عنه وأعتك عن يمين معاصٍ أحظيتها عليه.

كم هو شاقٌّ وجعها. وكم هي شاقّة تلك الحاجة إلى الرحمة مِمّن لا يرى الدموع إلّا التي ترفس عينيه وتكرج. كم هو ثقيلٌ هذا الحِمل عندما تجترّه وتُعاقَب برفعهِ وحيدًا.

لازَمَني حضورها وكأنّها جزءٌ لا ينفصم عنّي. تتمسطر رائحتها وأنفاسها المنسيّة في زوايا منزلي أفيونًا أدمنتهُ... فأدماني.

لِمَ لم تأخذ كلّ مخلّفاتها معها يوم قَـرَّرَت الرحيل؟ غـادَرَت متنصّلة وتركتني مبهوتًا وعـاريًا مـن ذاتـي طفلًا قمّطته التعاسة بسلاسلِ صوتٍ لن يعود.

ظلّها لا يتنحّى عن حائطي. ذرّات الماء المتطايرة من شعرها وهي تجفّفه لا تجفّ. تلتصق بجدران منزلي وستائره ومراياه. حتّى بَصمتها متربّصة بمفتاح ضوء غرفتي مذ كانت تصفعه ليصمت وينام، فيصمت وينام معه كلّ شيء، إلّا نحن وآهاتنا.

موحشة دقّات الساعة بعدها ومفزعة هبّات رياحٍ أضحت زئيرًا يعابث الفزع في نفسي المعطوبة. مظلمة الأيّام البعيدة عنها. كم هي مُتعِبة الحياة دونها وكم هي متعرّجة الطرقات اللزبة المُبلّطة بالحنين والمُقصّبة بالفقدان.

وَتَـدتُ فوق جمرها حافي القدمين حاملًا معي اللاشيء إلى أن أدرَكَتني الحقيقة ولطمتني على خدّي الأيمن فحوّلتُ لها الآخر وأفقتُ من هجوعي.

2

كيف الحال من بَعدي؟ هل تشربين الشاي لدلوك الشمس في ذات المقهى؟ أم هَجرتهِ لأنّكِ خائفة؟ تعلمين أنّ الكرسيّ المقابل لكِ سيعبس في وجهكِ رافضًا أن يقتعده غيري. هل تسألكِ الأشياء عنّي؟ هل تفتقدني شوارعُ سلكناها معًا عندما تدبّ خطواتكِ فوقها فرادى؟ هل يتجهّم قرميد البنايات استغرابًا كلّما مررتِ به ويسأل.. أين حبيبكِ؟

أتُبدين لي معروفًا وتشرحين لهم سبب غيابي؟

أغيثيني وقولي لهم إنّكِ من شَطَبَ اسمي من مفكّرتكِ... دافعي عنّي وسأكون لكِ من الشاكرين.

***

دربكة اعتدتها على السلّم تقطع عليّ وحدتي وكتاباتي. هذه البناية أصبحت لا تُطاق. أفكّر جدّيًا في البحث عن سكنٍ آخر في منطقة أخرى أكثر هدوءًا.

تأدّى إلى سمعي خفقُ أقدام تلته دقّات مزعجة عزفت على باب شقّتي لحنًا هائجًا وكأنّ الطارق يبلغني أنّه ليس أنثى أو ربّما أنثى

عصبيّة. لطالما قدح زناد فكري في طرقة الباب فمنها اكتسبتُ مهارة الكشف عن جنس صاحبها وكيف كان يومه والغرض من زيارته.

رفعتُ جذعي وجلستُ كمن فقد ذاكرته ولا يعرف من أين هبّ وإلى أين عليه الذهاب. المرايا أمامي تصعقني بشكلي المخيف. فوضى استرسلت فوق رأسي وفوضى أكبر على خدّيّ، حسنًا تذكّرتُ من أنا...

أنا الذي نظر الأعمى إلى وجعي، مناصفةً بأدب المتنبّي.

تقاعستُ عن ترك سريري لكنّني مُكرهًا فعلت. وصلتُ إلى باب الغرفة وأدركتُ أنّني عارٍ كآدم قبل أن يقضم تفّاحة الخطيئة.

لا أطيق الثياب في الفراش. تأسر حركتي وتجعلني أتصبّب عرقًا حتّى في الشتاء.

كنت أريد تذكّر هيئة جسدي بين يديْ فرح، هذا مفاد الحكاية.

تناولتُ ثيابًا عشوائيّة من القِطع المرميّة هنا وهناك كأشلاءٍ خلّفها انفجار واندفعتُ مسرعًا لفتح الباب.

«شو ساعة لحتّى تفتح، لتكون عايش بقصر فرساي وضيّعت الطريق؟»، قالت ريتا، زميلتي في العمل، وهي تحمل أكياسًا كثيرة. أخذتُ بعضها وتركتها غارقة في البقيّة.

تعمل ريتا من الخامسة عصرًا، أي بعد عملها معي، في مكتبة بالقرب من شقّتي. اعتادت زيارتي بين أوانٍ وآخر بعد انتهاء دوامها الثاني لتحدّثني في أسباب تعاستها الواخزة وصراعاتها المُستديمة مع كلّ ما يحيط بها.

– لك ليه معتّم البيت متل العايش بكهف! شو صاير عليك، خايف من فاتورة الكهربا؟

– ريتا بشرفك ما إلي جلادة على شي. حلّي عنّي.

تقدّمت من طاولة الطعام ورأت كتابًا عن الأدب الأوتوبي.

– أدب أوتوبي؟

تنتبه إلى صوت الفونوغراف الخفيض...

– ومارلين ديتريش كمان؟ لا، يعني عن جدّ حالتك صعبة.

نظرتُ إليها متأمّلًا. كلّ امرأة تذكّرني بفرح، حتّى ريتا «المسترجلة» التي تُؤثِر الأثداء والفُرُج على الأعضاء الذكريّة. أحدُّ النظر إلى شعرها الخشن المجعّد وأتذكّر شعر فرح السبط الذي يسلب اللبّ. أتذكّر كيف كانت الشمس تبدو شمعةً باهتة قبالة وجهها المرمريّ المشعّ كالشِعرى اليمانيّة.

لوّنت فرح أيّامي بشيءٍ غريب لم أرد يومًا له الذبول. لم أعرف أنّ ما ظننته أيقونة سعادتي سيصير في الغد القريب مزارَ هلاكي. لم أدرك أنّها كانت تهدي إليّ وجعًا لن يُهرّمه النسيان.

كانت قشّةً لم تقصم ظهري، بل بحلقت فيّ وأنا أغرق في ماءٍ قذر، دلعت لسانها وأشاحت عينيها الثملتين عنّي. أغمضَتهما غير مكترثة لهذا الجسد العاجز عن الحبو بعيدًا عن موقدٍ لا تكفّ الحياة عن حَطْب ناره.

استقرّت في جوفي عندما قابلتها للمرّة الأولى في كندا أواخر 2016 بعد انتهاء رحلة علاجي القصيرة في لندن إثر انفجار الكرّادة في بغداد.

شعرتُ كأنّ أوصالي كانت مفكّكة واتّحدت فجأةً مذ ذلك اليوم.

عانقتها بلا جسد، وابتسمتُ لها مئات المرّات قبل أن أدقّ عينيّ في عينيها بمطرقة وهمٍ ثابرتُ على إغاثته بحفنةٍ منها في غَدَوات ورَوحات الاحتضار.

فرح... سمعتُ اسمها لأوّل مرّة يوم الجمعة 23 كانون الأوّل من عام 2016 عندما كانت أستاذة الأدب المقارن تذيع بصوتها المعدنيّ أسماء الطلبة في المحاضرة الأولى لتسجيل الحضور. فرح... كم هو جميل ذلك الاسم وكم هو جميلٌ وجه صاحبته... وكأنّه أسطورةٌ هاربة من كتب التاريخ.

كان يومًا شتويًا... كلّا، كان صيفًا، أو ربيعًا؟ أو ربّما خريفًا؟ لم أعد أذكر. تفاصيل الأيّام التافهة لم تكن مهمّة بالنسبة إليّ. الفصول معطّلة والساعات والبشر وكلّ شيء. عرفتُ اسمها فتوقّفت حياتي وبدأت حياةٌ أخرى.

خرجتُ من القاعة كمن لُفّت عيناه بأعصبة متأبّطًا دفتر محاضراتٍ كتبتُ اسمها عشرات المرّات على صفحاتٍ لولا ظهورها المُباغت في حياتي لكانت ستحمل أسماء أدباء وقصائد وتعليقات نقديّة وجدول مواعيد المحاضرات والامتحانات الفصليّة والأسئلة المتوقّعة. لكنّها لم تحمل إلّا اسمًا واحـدًا... فرح. عرفتُ اسمها وشعرتُ بالنصر.

ورغم ذلك، لم أتحدّث إليها طيلة الفصل الدراسيّ الأوّل في ذلك العام الشاحب، سرًّا، من حياتي. اكتفيتُ بمعرفة اسمها وكنتُ راضيًا. أعرف اسمها وأستطيع كتابته، النطق به، رسمه على جدار غرفتي... أملك الحرّيّة المطلقة لاستعمال حروفها كيفما شئت.

مارستُ معها طقوسًا من الجنون.

انتظرتها لساعات قبالة المكتبة المركزيّة متحاشيًا الدخول لئلّا تلاحظ وجودي. اختلقتُ المعاذير للحديث إليها وافتعلتُ البوائق لأحصد عطفها.

قتلتُ في مخيّلتي خمسة من أفراد عائلتي الوهميّة، بالسرطان، بحادث سير، بنوبة قلبيّة، بسكتة دماغيّة، بالشيخوخة، لأسمع منها كلمة معاضدة.

اقتنيتُ كتبًا أحبّتها وحفظتُ قصائدَ ردّدتها. كرهتُ المطر لأنّه صفعها بالزكام يوم طيّرت عاصفة هوجاء مظلّتها في أثناء عودتها إلى المنزل. أحببتُ الأطفال لأنّها تعشقهم رغم تجنّبي الدائم لأيّ صغيرٍ قد يعيدني بالذاكرة إلى ماضيّ الأسود يوم كنتُ طفلًا هرِمًا رحل عنه والداه قبل أن يحفظ ملامح وجهيهما.

دخلتُ عالمها من أبواب ونوافذ موصدة وخرائب ضيّقة. رششتُ عطورًا لم أسمع عنها ولا أعرف كيف تُلفظ أسماؤها. أطلتُ شعري وأنبتُّ ذقني لأنّها تعشق الشعر على وجه الرجل.

اصطدتُ المعلومات عن حياتها وعن أشياء تحبّ وأخرى تكره من هنا وهناك، من صديقة، من لعبة الصراحة في الجامعة، ومن أحاديثها والزملاء في أثناء انحشاري المقصود بينهم.

لكنّها لم تلمحني يومًا، كانت ترى الجميع إلّا أنا، أو على الأقلّ هكذا شعرتُ في داخلي التالف.

كيف لها أن تشعر بشخصٍ حمل كلّ هذا الحبّ ولم يُفصح لها إلّا عن معاملةٍ شبه اعتياديّة تكاد تكون أقرب إلى الرسميّة؟

إن لم تطرق، فمن سيفتح لك؟

انتهى الفصل الدراسيّ العمليّ الأوّل وضاعت حظوتي بالتجسّس عليها. غابت فرح وغاب فرحي معها. ندمتُ كثيرًا على عدم استغلالي الفرصة وهي أمامي من الصباح حتّى ما بعد الظهر.

غبيّ... غبيّ... غبيّ، أنا غبيّ ولا أستحقّها. أنا جبان ولا أصلح للحبّ.

قسوتُ على نفسي وعاتبتها مِرارًا. كرهتُ تردّدي وصمّمتُ على الحديث إليها فور بدء الفصل الدراسيّ العمليّ الثاني في آذار 2017 لعلّ هذا الوحيّ يهبط على رأسي ويفكّ عقدة لساني وتشنُّج جسدي كلّما تقاطعت عيناي بعينيها الأصفى من عينيْ حمامة.

«شو بدّك تعرف عنّي؟»، رَسَمَت بقلم فمها، الذي برته لاحقًا بكرامتي، أولى لوحاتي معها.

«كلّ شي بتعرفيه عن حالك»، أجبتها بلا تفكير ووجيب قلبي يفجّر صدري.

– بس أنا بعرف كتير إشيا عن حالي.

– إيه... وشو يعني؟

أجبتها مستغربًا.

– ولا شي، بس قصدي هالسيرة يمكن تاخذ معنا شي شهر أو شهرين.

– بعرف... كرمال هيك طلبت أعرف كلّ شي عنّك.

– إنت ملاحظ إنّك بتسأل كتير قصص عنّي وأنا ولا مرّة سألتك شي عن حياتك؟

– ملاحظ بس كنت ناطرِك إنتِ لتلاحظي والحمد الله طلعتي ملاحظة. يمكن أنا ما بهمّك وما بيهمّك تعرفي عنّي أكتر.

– أو يمكن تكون حدا كتير واضح ومش بحاجة إنّي إسأل عنّه.

– إيه معقول...

هكذا بدأت الحكاية، بمزحة...

وهكذا لم تنته...

3

أزال وجودها الحاضر جسدًا وروحًا الوحشة عن حياتي. تعشّقتُ تفاصيلها الصغيرة والعَلاقات غير المرئيّة المُعمّرة لبنتها بينها وبين الأشياء المحيطة بها. عَلاقات غريبة تعسّر عليّ فهمها، لكنّني أحببتها من شغاف قلبي، كأن تلتقط الصور لتفاصيلَ بسيطة وسديميّة لم أنتبه إليها يومًا قبلها، طاولة فارغة، سقف غرفة نومها، عطورها. تحتفظ بدفاتر مدرستها وملابسها الصفيقة عندما كانت ضفائرها الشذريّة المُتسبسبة خلف رقبتها الأسطوانيّة ستائرَ حرير.

أدركتُ مبكّرًا أنّ هذه الإنسانة الطموح الغريبة بفطنتها وشخصيّتها لا صِنوَ لها. لله درّها من امرأة تفتح شهيّتي للحياة، وكأنّني قلمٌ وجد محبرته بعد جفافٍ طال مداه.

ترصّني فوق رفوف الدهشة بكلّ ما تتفوّه به وبكلّ تصرّف تُقدم عليه. حتّى صمتها كان يحمل طلاوةً تدهشني، أتشمّمه بشغف المخنوق وأتذوّقه بلوعة الجائع.

كان غيابها عن صدري يكويني ويذرذرني قشًّا في مهبّ القلق، يلوّحني ويديرني على نار الانتظار.

غشّى حبّها قلبي وبذر فيه ما لا تقلعه ريح أو يخمده رماد. أيّامي القليلة معها لن تُمحى من قفصي الصدريّ ما حييت.

***

قِصّة حبّ انتهت بمأساة...

ناشدتها الله واستعتبتها البقاء. ركعتُ أمامها كأنّني أتلو فعل الندامة على زنديق. تخشّعتُ لها لنيل صكّ غفرانٍ عن أخطاء لم تتلوّث يداي بها.

«ما ذنبي؟»، قلتُ لها غارقًا بدموعٍ أعدتُ تدويرها ضحكةً غبيّة وقلبي يحترق ويُسيّل جصًّا يجبل تلك الإنسانة الصامتة قبالتي صنمًا مقدودًا من القسوة. ترهبنتُ على حبّها وبتّ في عين نفسي عابد أوثان.

وجَدتُني في حضرة امرأة ملأت قلبي وعقلي. وجب عليّ شقّ يسار صدرها لأتبيّن أحجية مشاعرها.

لم تقل لي ما ذنبي بما أخبرها والدها عن سمعة والدي السيّئة وتجارته المشبوهة في الممنوعات ومغامراته النسائيّة في دبي، إذ كان والدها يسكن ويعمل في دبي وله عَلاقة غير مباشرة بوالدي عن طريق بعض الشركاء بينهما.

في الماضي، ظننتُ أنّني نجحتُ في إخفاء صفحة سوداء شاغَبتني بتاريخ عائلتي المقيت، وأنّني تخلّصتُ من لعنة والديّ على حياتي. لكنّ فرح كرجت الشنائع المفجعة أمامي نهرًا أفرجوا عنه بعد حبسٍ قيل إنّه مؤبّد.

بَطَشَت بي وضربَتني بفأسٍ عمياء خَلَقَت شرنًا مُكتنزًا فيّ وتركَتني عودًا ناشفًا أتلوّى في موتٍ أشتهيه و«أنوبيس» يرفسني بعيدًا عن مملكة توابيته.

قلتُ لها إنّ والدي انفصل عن والدتي منذ سنوات وغادرْنا، والدتي وأنا، إلى لندن حيث عشت في المدرسة الداخليّة والجامعة من بعدها. لا وشائج تربطني به إلّا اسمه في هُويّتي وجواز سفري، لم ألتقِ به مذ كنتُ طفلًا في السابعة يوم صفعني في غرفتي.

أين عدالة حسابي عن تاريخٍ لا صفحة لي فيه؟ عن ماضٍ لم أضع فيه حجرًا واحدًا؟ بل على العكس، كنتُ أنا أولى ضحاياه!

لا أعلم شيئًا عن مشاريعه وتجارته وصفقاته المشبوهة.

ربّما ما قالته فرح نقلًا عن والدها لم يكن صدمةً بالنسبة إليّ. أعرفُ والدي المُتطبّع بالفساد وطينته المجبولة بالأدناس. ما أفزعني هو كرويّة القدر ودهاء الحياة. وكأنّ هذا الزنجير الملفوف على عنقي يأبى إفلاتي. وجودي بعيدًا آلاف الفراسخ عنه في تلك القارّة المُسيَّجة بالمحيطات لم يردّ موجه عنّي.

تخلّت فرح عن الكرسي دونما كلمة، لم تهزّها تبريراتي ولم تعبأ بتضرّعي. لملمت أغراضها وبعثرتني. تنازلت عن حُمرة شفتيها العجفاوين لطرف الفنجان الأبيض ولسيجارةٍ شابّة تنازع الانطفاء في المنفضة وأجّجتني نارًا لا تنطفئ. تركتني أتلوّى كسمكةٍ متروكةٍ للعذاب. المياه قبالتها ولا تقوى على بلوغها.

غادَرَتني فرح قطرة عرق تسرّبت من جسدٍ خجول يخاف أن يعصف خريف القسوة به. ببساطة تركت قهوتها وانسلّت من حياتي غير عابئة بي وبما سأتحوّل إليه فور تبخّرها المُفاجئ. طَمَرَتني في مقعدي واختفت.

هل كانت هذه المرأة هلوسة حمّى تناوبت على افتراس جسدي ومشاعري بمباركة أثيريّة منّي؟ هل كانت حماقة؟ نزوة... غباءً... جنونًا...عبثًا؟ كيف لي أن أعلّل وجودها وغيابها؟ هل كنتُ في فاقةٍ

إلى صفعةٍ أخرى ووجعٍ آخر يستفحشُ فيّ؟ ألم تشبع هذه الدنيا من افتراسي؟

«كيف أُلهي هذا القدر الأحمق عنّي؟»، سألتُ نفسي دونما حركة. سَطَلَني رحيلها وحوّلني جبيرةً قاسية.

ما قتلني هو درايتها الكاملة بمن أكون دونها، طرّة تبحث عن نقشتها ولا تجدها. تدرك تمامًا هشاشتي إن غابت كفّها عن خدّي وإن توارت عيناها عن سماء كوني المظلم إلّا من نيزك حضورها.

غادَرَت إلى أحراج المجهول مَن قلتُ لها يومًا لا ترحلي عنّي، ففي غيابكِ ينتعلني بَثَرُ الهلاك ويعضل مرادي من الحياة ويحوّلني غبارًا تسفيه هبّات الفراق.

«لن أفعل»، قالت يومها... كما قالت جدّتي من قبلها، وكما قال كلّ من أحببت وغادر.

كان الثلاثاء الثاني من شهر أيلول. وبينما كنتُ أستعدّ للاحتفال بعيد ميلادها معها، كانت هي تخبن رداء القصّة وتحزم متاعها فوق صهوة حصانٍ بلا رسن. غزّت فيه إبرة الرحيل فرمح بها بعيدًا بلا ائتياب.

خرجتُ مسعورًا من المكان بعد بعض الساعة من مغادرتها، حاولتُ فيها لملمة ما حاقه حديثها وبعثره. سَرَبتُ سرب عشواء في الشوارع الرئيسة وبناياتها في وسط المدينة وحلاقيمها كمن عَشيَت عيناه في الفلاة. كنتُ ريحًا لا تلوي دروبها على شيء.

إنّها الجدران العالية نفسها المبثوثة في بنايات لندن الدالّ صمتها على الغربة القابعة في قرميد قسوتها. لندن لا تختلف كثيرًا عن مدن كندا. نفس الوجوه المكلّسة الملامح تمتطي أجسادًا دعساتها مَقيسة بدقّة وأصواتها تنساب بديسيبيليّة لا تتغيّر.

لاحقتني شتائم السوّاق وانثال على أذنيّ نباح سيّاراتهم بعد أن ضاربتها الطريق.

رفعتُ رأسي ومددتُّ كفّيّ المفتوحتين كمن يشحذ من السماء درهمًا لعلّ والدي يمدّ رأسه من نوافذ الغيمات ويشرح لي ما جريرتي بنزواته.

رأيتُ الطيور القطوبة تتابع مسرحيّتي الحزينة في اندماج. أفرغتُ في وجهها صرخةَ غضبٍ طنّت لها سابع أرض فعاد الصدى مخنوقًا ببحّة الخوف.

فتحتُ الزرّ القريب من زيق قميصي بعد أن هاجمني اختناقٌ ثقيل. مسحتُ دموعي بكمّي الأيمن والبشر من حولي يتساءلون بفضول عن الخطب الذي أصاب هذا الرجل البهلول المترنّح ذات اليمين وذات اليسار كبندول ساعة تاهت في خيانة عقاربها لها.

تخبّطتُ بقوافلِ أفكارٍ كانت تندفع نحوي كقطارٍ يأتكله الغضب ولا توقفه محطّة. تلتصق تلك الأفكار المتطاحنة بي وترصد نقاط ضعفي، تسرف في الأذى وتصنّ في رأسي المُفهرَس بالأوجاع. أرشوها ولا ترتشي، أسحقها ولا تتألّم، بل تؤلم. أقتلها ولا تموت، والقائل يفعل. دودةٌ تحفر في عظامي ولا تنتظر أن أُدفن.

انتهى بي مسلك الضياع هذا إلى حيث أسكن. خدّرتني الحَيرة قبالة مدخل البناية. جلستُ ببابها ونظرتُ مُحمرّ العينين صوب شرفة شقّتي والدموع تزغلل بصري. اختصرتُ السلالم قافزًا فوقها لأواجه عمّتي التي كانت تزورني من بيروت لبضعة أيّام.

خانتني أنفاسي. استوقفني تعب التطواف في الشوارع عدّة مرّات وأنا أتعرّش الدرج شجرةَ لبلابٍ ميتة تطلق زَفَرات وجعٍ ممزوجةً بلعاب الخيبة. لا أعلم كيف رأيتُ نفسي متسمّرًا قبالة باب شقّتي

أطرقه دونما توقّف. شاهدتُ ظلّها يقترب عبر نافذة الباب الزجاجيّة. فتحت الباب ولم أمهلها لحظةً...

«خيِّك شو بيشتغل؟»، قلتُ لها دونما تفكير ونظري مصوّب إلى الأرض ووجهي يبصق العرق من كلّ جانب. سقطت قطرات على حذائي الأسود، هل كان عرقًا أم دمعًا؟ لا أعلم.

لم تُفاجأ. كأنّها كانت تنتظرني أن أسألها عن عمل والدي في أيّ وقت.

صافت وجهها عنّي وكدُرت ملامحها وقالت لي بصوتٍ يرنّم خوفًا بلغ مداه محاوِلةً إهماد غضبي المقرفِص قبالتها...

– فوت خلّينا نحكي شوي.

عصبة من المشاعر المختلطة شقّت دروب حَنجرتها وسالت من صوتها المُذاب بالريبة. تشنّجت من ردّة فعلي المُرتقبة وارتابت في بلبلتي.

جَعَلَت تتلو فيّ صحائف الماضي وتكاشفني به. استَفرَغَت ما كانت قد ابتلعته قبل أربعين سنة.

فرح لم تكذب، لم تختلق الأعذار لتَركي، ووالدها لم يكن مجرّد طعّان يهمز ويلمز ويمزّق فروة عائلتي من عبث. لم يؤلّف القِصص الجسورة لجعل ابنته تستنكف حبّها لي، أو ربّما حبّي لها. فهي لم تحبّني يومًا وألقتني دونما تردّد في سلّة مهملاتها لأبقى بعدها صلصالًا تشكّلني اختلاجات ضياعي بين ماضٍ يبدو أنّه لن يموت وحاضرٍ جمّره رحيل امرأة.

4

– والدك ليس أخي.

طرحت عمّتي مطارح الماضي والروائح الكريهة ترفل بين أحرفها في ذلك المساء الجديب.

أطّرني الضياع للحظة وسلّمني إلى هاوية تنزلق ثمّ تعلو لتنزلق مجدّدًا وتعلو وتعيد الكرّة عشرات، مئات، آلاف المرّات. قَتَلَتني بمسدّسٍ صموت وتركت الكلمات حائرةً في فمي.

– شو يعني؟ إنتِ مش بنت ستّي، مش عمتي؟

سألتُها وندوب الذنب بدأت حفر الخنادق في وجهها.

– بل والدك هو الذي ليس ابننا.

– يعني ستّي مش ستّي؟ لكان نحنا مين؟ بيّي مين؟ أنا مين؟ إنتِ مين؟

استجديتها الحديث كخاطئٍ يتضرّع الرحمة يوم القيامة بعدما سلّمتني إلى متاهةٍ أداختني.

تركتُ الكرسيّ ووقفتُ إزاء جسدها، انحنيتُ بسرعة طيرٍ جارحٍ يؤجّجُ على فريسة. خضخضتها من كتفيها بيدي خَنّاق وأنا أرى موتي عرض وجهها.

بحلقتُ بها بعينٍ مفتوحةٍ شلّها البؤس وأخرى واهنة أخرستها المرارة، وخشخشة من الماضي تنتشلني من حاضري وتلقي بي إلى جنونٍ انتابني واستملكني بعدها لأيّامٍ افترعت اليأس فيّ وعانَدَت الانطواء.

مزّقني صمتها وتركني تائهًا في أسئلةٍ هي الوحيدة القادرة على فكّ طلاسمها.

ما غرّني بهذه الحكاية! ليتني لم أسألها يومها! ليتني لم أتركها تزجّني في قارعة موتٍ أباريه وحيدًا مُجذّفًا في نهره الجافّ.

زعزعة غريبة استحوذت عليّ.

أوقعَ سؤالي، من هو والـدي؟، على أوتـار عمّتي لحنًا هيّج ما صَندَقَته قبل سنوات في ذاكرتها؟

تتحدّث كأنّها ترقش روايةً شوهاء تجلد قرّاءها بسياط الحقيقة. تنكش بمحراث لسانها حُفرًا عميقة أغترفُ منها سُمًّا لا يعرف دواءً.

نَسّغتني بكلامٍ أطغى من السيل صبّني في أرضي ورفعني مصلوبًا رُزَّ في حائط. نزل الكلام عليّ مِقصلةً لم تجزّ رأسي بل تركته مضرّجًا بالدماء.

وشّحتني بذلٍّ سأراه في عيون القاصي والداني، حتّى أولئك الذين لا أعرفهم. أنجبت بحُمم كلماتها القليلة وجعًا يتيم الأبوين ترمي ثقل تربيته على كاهلي.

تركتُ فُتاتي أمامها وذهبت روحي في مذهبٍ بعيد.

تخلّيت عن اسمي مترنّحًا على لسانها المُتضعضع يناديني ويطالبني بالبقاء. أرادت إكمال ألفباء القِصّة ودفائنها. لم يعد بدٌّ من سَلتِ حبل الماضي لتضميخي بإرثٍ استبطَنَته فأهلكتها أحماله حتّى ناءت بها.

عشّ الحقيقة الذي بنته عمّتي من أغصان الكذب أصبح أثقل من جذع شجرتها المُبعّجة وآن له السقوط.

قَمقَمَت ما سقط من جعبتها من أسماءٍ وأحداثٍ وانتظرت عودتي لتكمل حياكة بَكَرةِ صوفٍ خنقتها طيلة الأعوام الماضية.

لم يكن انفجار كتمانها المُعتّق إلّا مخرجًا من مأزقٍ حَصَرَها بين قوسين، فكالتني بمكيالين... حبّها لي وكرهها لمن أكون.

جبتُ جزعًا في أفجّة المدينة بلا ابتغاء. كنتُ محطّمًا، منسوف الوعي ومضطرب الجسد. يدي اليمنى تعانق شقيقتها اليسرى لتخفّف توتّرها المتعرّق. أسفل جسدي يصطكّ كعجوزٍ صاغه الرعاش وأمواج النوازل تصفعه وتحطّ عليه دفعةً تفرّخ أخرى.

اجتاحتني طوائف من الفواجع واستَعَرتني حيوانًا يلهث جوعًا ويُسيّلُ لعابه المتوحّش فوق منّي. ركضتُ حينًا لعلّني أتخطّاه وتروّيتُ جالسًا ألاعب ظلّي حينًا آخرَ لعلّه يسبقني وأتخلّص منه.

لطمني البرد فاستترتْ يداي بجيبَي معطفي ووشاح الحيرة يشنق عنقي.

هل عمّتي هي الشاهد الوحيد على روايةٍ قاءتها اليوم في جوفي؟ هل عليّ التسليم بكلّ كلمة نزحت من ذاكرتها المشوّشة وهاجرت قسرًا إلى حياتي واستوطنت فيها؟ هل عليّ الاكتفاء بتلك القِصّة سليلةً يتيمةً وكأنّني لستُ فرعًا من شجرة جدّتي المُتقبّضة؟ هل حريٌّ بي أن أزدرد ما قالته دونما انفعال وأُكمل حياتي بشكلٍ طبيعيّ باحثًا عن امرأة أخرى أُحِبّها غير فرح؟

وقفتُ قبالة صندوق زجاجي أتَوحَوَح. نظرتُ إلى الأعلى فإذا بفروع الأشجار من حولي تحدجني غاضبةً وقد تعرّت من أوراقها الصريعة أرضًا واستحالت مباضع حادّة تخرمش وجه السماء الخرساء، تمامًا كما فعلت مخارز الماضي بي قبل دقائق.

بحثتُ بيدي اليمنى المتجمّدة قهرًا وخوفًا وضياعًا عن عملاتٍ معدنيّة في جيبي فوجدتُ الكثير منها.

نسيتُ هاتفي المحمول في الشقّة عندما خرجتُ كالأعمى الراكض في مصارعة ثيران. طويتُ الدروب طولًا وعرضًا كعصفورٍ جائعٍ يطلب حَبًّا ولا يجد، وتلطّمت بالمطر والصقيع حتّى لمحتُ هاتفًا عموميًّا.

دخلتُ صندوق الهاتف الزجاجيّ وقطرات المطر تشقّ أفلاجًا في جدرانه الجريحة. وضعتُ كلّ القطع المعدنيّة في الجهاز ولم أحسبها، لكنّها بالطبع كانت أكثر بكثير من قيمة مكالمة محلّيّة.

هل كنتُ مكالمةً محلّيّة في حياة فرح ويوم سئِمت صوتي جزمت المسألة وأنهت الاتّصال؟

تسرّب رقمها من أصابعَ لم أكن أشعر بها جزءًا من جسدي بعد أن فاض القرس بها وبه.

ماذا سأقول لها؟

فكّرتُ وبخار اضطرابي يتصاعد أفواجًا عرجاء من فمي ورنين هاتفها بدأ النقيق في أذني المُشمّعة بصوتها الهادر في قلبي. صوتها لا يقهره غياب ولا يردعه ألم ولا ينتزعه ذلّ.

«ألو...»، قالت.

«ألو؟... ألو!»، كرّرتْ.

اعتُقل لساني وداهمني شللٌ هبط عليّ كجلمودٍ من السماء.

«أنا مش هالقدّ عاطل... أنا بحبِّك»، قلت لها بعينين مزمومتين كأنّهما تُخاوِصان إلى الشمس بعد انتظاري أن تغلق السمّاعة.

«فرح... متت عُمر كرمالِك، مش قادرة تعيشي يوم كرمالي؟».

رَحَلَت من جَبرتُ بها روحي فكسرتني.

***

هل فعلًا كان والدي يتاجر بالممنوعات كما روت لي فرح نقلًا عن لسان والدها الذي لم ألتقِ به يومًا؟ هل كنتُ نطفةً في منيّ ذلك الرجل قبل أن أنتقل إلى رحم امرأة استأجَرَت لي رصيفًا في كلّ ميناء؟ امرأة لم أرضع من ثديها لأنّها زفّتني طفلًا ميتًا إلى حضن من كنتُ أظنّ أنّها جدّتي؟

كيف لها أن تكون والدتي وأنا لم أتهيّب قبالتها درجاتي الضعيفة في المدرسة؟

لم تتلقّف سقوطي الأوّل وأنا أتعلّم المشي... لم تعش معي تلك اللحظات لأنّها لم تعاصر طفولتي. زرعتني شتلةً صغيرة في منزل جدّتي ومن بعدها في أرض المدرسة الداخليّة المرداء ورحلت.

لم تمرّر يدها فوق جبيني لتقيس حرارتي ولم تسهر جواري خوفًا عليّ من حمّى وثبت على جسدٍ لم يكبر أمام عينيها.

لم أُربكها في تحضيرات عيد ميلادٍ دعوت إليه رفاقي في الصفّ. كانت تتلعثم بأمومتها فنزلت عنها للغير. فبأيّ حقٍّ وبأيّ ناموسٍ سماويٍّ تكون هذه المرأة والدتي، ومن ربّتني وزقّتني زقّ الحمامة فرخها وركضت بي بين ردهات المستشفيات في مرضي ليست جدّتي؟ بأيّ حقٍّ وبعد سنوات طوال تُفرّغ عروقي من دمها؟

***

عادت عمّتي إلى بيروت ووعدتني أن ترسل إليّ صندوقًا خاصًّا بوالدي أوصاها أن تسلّمني إيّاه عندما أكبر.

لم تشعر عمّتي أنّني كبرت خلال السنوات الثلاثين الماضية، وفجأةً... سألتها، أنا المتكوّم في شقوق الماضي، عن والدي فاكتشفت أنّ الطفل الصغير أصبح رجلًا مُهيّأً لمبارزة الحياة، لعلّه ينتقم من أوجاعٍ مستطيلة عيّنها الزمن قبّانًا عليه.

ثلاثيّة جعاب البوح

الجعبة الأولى

أحزانٌ ترقص بسخط

مشاهد الماضي...
يخاف النسيان العبث بعدّاد قسوتها.

1

«لماذا تطلّ الحكايات بعد فوات مواسمها؟
هل لتصحيح ما ورد فيها،
أم للاعتذار عمّا فيها من وجع؟».

نجوى بن شتوان (زرايب العبيد)

وصل صندوق والدي من بيروت. وضعته على الطاولة الزجاجيّة في غرفة المعيشة وصببتُ نظري إليه لأسابيع قبل أن أتجرّأ وأُقدِم على فتحه.

عفونة الماضي انسابت منه وعمّمتني بشعورٍ غريب ما انصرف عنّي مذ لحظتها.

رسائل عتيقة في طيّ دفترٍ فارغ موقّعة باسمِ والدي، وعديد الصور الملوّنة وغير الملوّنة تعود إلى تواريخ وأمكنة متفرّقة تحكي تاريخًا عاشه من تخلّى عنّي قبل سنوات...

«بيروت 1969 – سرسق»، خلف صورة غير ملوّنة لرجلٍ ممشوق بشعرٍ متوسّط الطول ونظّارة شمسيّة.

«بيروت 1972 – الهورس شو»، خلف صورة ملوّنة هذه المرّة لنفس الرجل، والدي، يجلس على الرصيف في مقهى كراسيه بيض وقبالته قنّينة جعة خضراء، يرتدي سروالًا قصيرًا يكشف عن ساقين غزاهما الشعر.

«برلين 1980»، كُتِبت بخطٍّ باهت في ظهر صورة لوالدي يحتضن امرأة صهباء أنيقة الهندام وأطول منه بقليل، أمام بناية بدت لي أثريّة. هذه والدتي، القسوة ذاتها في عينيها تنطق من غبار الصورة.

«مسرح البيكاديللي 1973 – بيروت»، خلف صورة لجمهرة من الرجال ببناطيل جارلس فاقعة الألوان وسوالف طويلة تتّسع نزولًا إلى أسفل نصف الخدّين لتوازي شوارب كثيفة كأقواسٍ تغطّي أعلى شفاههم.

«1984»، بخطٍّ مختلف عن باقي الصور خلف صورة طفلٍ أشقر بعينين لوّنهما البحر وقماطٍ أبيض وصليبٍ ذهبيّ يزيّن يمين صدره.

تركتُ الصورة الأخيرة وبحلقتُ في السقف. تسارعت خطى الزمن إلى الوراء وتذكّرتُ أنّني وُلدت في تلك السنة.

هذا أنا منذ زمنٍ بعيد...

كانت أوّل مرّة أرى فيها وجه طفل الأمس الذي كنت.

كم كَبُرت وكم ضاقت الدنيا من حولي...

***

ابني الحبيب...

أقصّ لك، في رسالتي الأولى هذه، ما حدث لي لعلّك تسامحني في ما اقترفت...

زوجة والدي، أو «ماما» كما أجبرني والدي على مناداتها، لم تحبّني يومًا، بل أضمرت لي كرهًا تفشّى مرضًا ساريًا بعد أشهر من ارتحالها عن أهلها وتعلّقها بجدران منزلٍ لم تتركه إلّا ركامًا.

قبل أن يبرد دم والدتي (جدّتك الحقيقيّة، وهي عراقيّة الأصل) في قبرها، قرّر والدي، جدّك الحقيقيّ، وهو لبنانيّ من بيروت، الالتحاق بمعسكر «سامية».

التقى بها للمرّة الأولى في اليوم الثالث بعد دفن والدتي. أتت لتقدّم واجب العزاء في صديقة صديقتها ولا أعلم إن كانت خطّطت للقاء والدي أم كان ما حدث محض مصادفة غير بريئة كغيرها من صدفٍ شنعاوات انفرط عِقدها عليّ دفعات بعد وفاة والدتي.

«مَرْتُ الأب غضب من الرب»، قالت خالتي مُبرطمة وضباب الحزن يكفّن عينيها ويحوّلهما زجاجتي سيّارة في يومٍ دامع. لا أعلم إن قالت كلامها حزنًا على أختها القليلة الحظّ وقلّة أصل زوجها، جدّك، أم حزنًا على ابن أختها، أنا، المنكود الذي خلّه الأمان منذ ذلك اليوم المشؤوم لرحيل والدته.

سَكَنَت سامية شقّةً مفروشة في جسر الباشا بعد مغادرتها منزل عائلتها في جلّ الديب للعمل ممرّضة في مستشفى الجامعة الأميركيّة في بيروت قبل ارتطامها بحياتنا وارتباطها بوالدي. لم تكن ملاك رحمة، بل امرأة قبيحة من الداخل والخارج.

سألتُ دواليك: «ما الذي دفع والدي – وقِصّة عشقه الخرافيّة مع والدتي لم تستشهد بعد – بالزواج بهذه الجنّيّة؟».

«السحر... ساحرتله!»، قالت خالتي ولم تُطفئ كلماتها لهيب تساؤلاتي بل دعكتني في تساؤلات أكثر وأكبر.

تحوّلت حياتي إلى سلسلة مُفزعة مسّتها أزيار الألم غير المنتهية والمتروكة في نفسي إلى الآن. بزوغ الشمس لم يمثّل لي إلّا يومًا جديدًا من الوصب الجسديّ والعقلي.

قضى والدي بعد عامين على رحيل والدتي. وأصبحتُ وحيدًا بعد وفاة جدّيك أصارع سامية وشياطينها، إذ كانت خالتي تسكن في دار لذوي الاحتياجات الخاصّة ولم تكن قادرة على القيام بأمرها وأمري.

اخترعت سامية طرقًا حقيرة لتعذيبي، أرادت التخلّص منّي على وجه السرعة. كانت تُمرّر أطباق الطعام من أمام أنفي وفمي وتجعلني أتشمّمها وأتذوّقها بطرف لساني ثمّ تسحبها عنّي ككافرٍ يسحب سجّادة صلاة من ركعة مؤمن. لم تكتفِ بهذا بل كانت في بعض الأحيان تقودني إلى شرفة بنايتنا المطلّة على المزبلة الخلفيّة للحيّ حيث روائح مقالب النفايات تتصاعد وتتشابك وتخلق جحيمًا لا تُطاق.

تُجلسني على ركبتيّ وكأنّها تستعدّ لذبحي وتقرّب رأسي من قفّة تكون قد وضعت فيها لحمًا نيئًا منذ أيّام وتركته للشمس والنمل يتفرّد به. تقرّب رأسي المعصوب العينين إلى القفّة وتُجبرني على استنشاق عفن اللحم وما فيه من نمل.

تحوّلتُ في منزلي إلى أريكة مهترئة لا قيمة لها قد تُرمى بلا أسباب لروّاد الشوارع من بشرٍ وحيوانات وأجناس بلا هُويّة.

شَحَنَت قلبي بالكراهية وأنبتت الذعر في عروقي كصيقلٍ شحذ إنسانًا وروّضه حيوانًا متوحّشًا بأظافرَ خشنة.

السندان الغبيّ بات مطرقةً لا ترحم.

كنتُ في الصفّ العاشر عندما قرّرتُ ترك منزلٍ بات قفرًا في وجود امرأة بلا ضميرٍ يُقلق صحوها ويصفع نومها.

كثيرة هي أيادي أبناء الأزقّة التي تلقّفتني. لا يوجد أكرم ولا أسخى من الشوارع وأبنائها. كنتُ قطعة خشب ومن حولي الفؤوس تتسابق لنهشي. من لصٍّ لآخر ومن مُدمنٍ لآخر. تجّار أجساد ومخدّرات وأعضاء بشريّة. عملتُ قَوّادًا في بيوت دعارة، مارستُ الجنس مع الرجال قبل النساء، ضاجعتُ العجائز قبل الشابّات سعيًا وراء زبائن لبيوتٍ كانت ستبصقني لقمةً مرّةً إن لم أخلق لها فروجًا وأعضاء جديدة بجيوبٍ تثقلها الأموال. أصابتني كلّ الأمراض الجنسيّة... سيلان، قمل العانة وتقرّحات من كلّ شكلٍ ولون.

هذا العهر أعجزني عن الهيجان وجعلني أتنصّل من الحنق عندما ينعتني أحدهم بعد شِجارٍ يتوجّأني باليد ويتوطّأني بالقدم، بِ«يا بلا شرف!»، فأبتسمُ في جوفي هامسًا «ومن قال لك إنّني من أصحاب الشرف؟».

استلقيتُ أسفل الجسور، وانطفأتْ عيناي على أصوات السيّارات. أكلتُ من مقالب النفايات. مرضتُ ولم يطبّبني أحد وبكيت... بكيتُ كثيرًا ولم يشفق عليّ بشر.

خمس سنوات بعد تركي منزل والدي وأنا أتنقّل بين بيوت الدعارة وتجّار الممنوعات والقتلة واللصوص وقطّاع الطرق والمتسوّلين.

ولأنّ الحياة، كما الموت، فُرص... عندما مرّت المصادفة من نافذتي تكمّشت بها إكسيرًا لهلاكي لأنتقل من الرفشِ إلى العرشِ.

كانت جيني... عجوز يونانيّة طرق الخرف بابها، تستلقي على شرفتها وتسند ثدييها إلى سياجها المطلّ على الشارع العام، فيبحلق طلبة المدرسة الثانويّة المقابلة لبنايتها في فرن الشبّاك

بهذه المرأة المجنونة ذات الجسد المقرف الكفيل بجعل أعضاء ذكورتهم تضرب السلام المعظّم له.

ربّما منهم من كان يهرع إلى الحديقة الخلفيّة للمدرسة – أو الحمّام أو أيّ مكانٍ آخر بعيدًا عن عيون المدرّسين وعصيّهم – ويستمني على صورتها العالقة في عضوه قبل عقله لتبدأ بثور حبّ الشباب بنقش تقرّحاتها فوق وجوههم.

ومنهم – الأجرأ – من اختار طريقًا هيّنة المسلك واعتلى مصعد بنايتها، الطابق الرابع، الشقّة رقم (7)، مدام جيني كيرياكوس باكوس، ليُفقد عضوه بكارته.

«لو حُسِبت الحيامن الهاربة من روّاد شّقتها، لتمكّنت جيني من تأسيس فرقة عسكريّة بألف رأس»، قالوا.

عاشت جيني مع ابنها قبل أن يترك لها المنزل بعدما رآها تمارس الجنس وصديق طفولته. مذ وقتها والتماسي تصيبها وتترادف عليها. تواصفوها في الحيّ جيني المجنونة التي تتحلّى بعد كلّ وجبة بعضوٍ ذكريٍّ لم ينبت زغبه بعد لواحدٍ من طلبة المدرسة الثانويّة.

سخر أهالي الحيّ منها بعدما علموا أنّها تملك بستانًا واسعًا فيه عشرات أشجار الموز...

«إن كسد حال الرجال في المِنطقة غابت جيني عن الأعين وغادرت ووجهتها البستان لتحصد محصولها بمنجل شهوتها النسناسة وتنكح بالموز نفسها».

زيارتي الأولى لها لم تكن عاديّة. أُوقِدَت منذ دخولي تلك الشقّة الفائحة بروائح غريبة لم تطرق باب أنفي من قبل صورة سامية في رأسي. لا أعرف السبب. لم يكن ثمّة عَلاقة مشتركة بين سامية

وجيني. ربّما العهر؟ نعم هو العهر. فواحدة عاهرت مع الأطفال بجسدها وأخرى عاهرت بجسد طفلٍ.

لم أعلم أنّ سامية اغتصبتني. ولم أدرك سبب لذّةٍ نشبت في عضوي عندما كانت تداعبه بعد تعذيبها لي.

«عم راضيك حبيبي»، قالت وأنا أتصبّبُ عرقًا ممزوجًا بالخوف والاستمتاع.

«عم يزغزغني، خلص... مش قادر».

هكذا قاومتُ شيطانةً تستمني طفلًا.

وسام / حزيران 1995

2

لم أعثر على رسالة والدي الثانية في صندوقه الصدِئ، ما يعني أنّ جزءًا من الحكاية مبتور.

كان صدئًا بالفعل، صدئًا بكلّ ما فيه. بصمات والدي عليه صدئة، حتّى أنفاسه كما ذكرياته كلّها صدئة.

على عجلٍ مضطرب اضطراب الأطفال في يومهم الدراسيّ الأوّل بعيدًا عن محيط أمانهم، فتحتُ رسالةً لم يُكتب على ظرفها إلّا عبارة واحدة عرّشت عليه بخطٍّ خجول يخفي خلف قضبانه رائحة الماضي. «الرسالة الثالثة»، وكأنّه أرداني أن أقرأ رسائله في تسلسلٍ قد يغيث صدمتي ويفتح صدري بحنانٍ أبويّ استقبالًا لوابل كلماته.

كَتَب...

أحببتُ هالة كثيرًا. كانت إنسانة عاديّة، بلا صليب يُفصح عن مسيحيّتها، وبلا حجاب يؤكّد إسلامها. لكنّها ترهبنت في رداءٍ أسود وغطاء رأس أسود مؤطّر بالبياض. صليب كبير أخذ مكانه في صدرها بعد أن كان مزيّنًا بقلادة مُفضّضة.

تركتْ هالة عائلتها في بيروت فتاةً صغيرة تجاوزت للتوّ سنّ الرشد وقرّرت إكمال دراسة اللاهوت في شمال لبنان. ترهبنت بعدها، ولم أعد أعرفها.

في تلك الأيّام، كان فصلًا من العته أن يقع أحدهم، تحديدًا أنا، في غرام فتاة من عائلةٍ متشدّدة لا تعرف في حياتها إلّا رائحة البخور والإنجيل. نزهتها اليتيمة كانت إلى الكنيسة يوم الأحد، والريبرتوار الوحيد الذي باغت أذنيها هو مزامير الكتاب المقدّس وتراتيل الجوقة الصادحة في أيّام درب الصليب وأسبوع الآلام.

بعد سنتين تحوّلت هالة إلى راهبة. ظننتُ للوهلة الأولى أنّها لن تصبح زوجةً لي ولن تشاطرني نشوةً بيضاء متمرّغة بالعسل، لكنّها فتّتت الناموس قطعةَ خبزٍ حجّرها الوقت، وخلعت رداء الرهبنة وحلّت رِبقة أعباء متطلّباته عن عنقها وعادت إلى سكناها بين أضلعي وعدتُ أنا إلى طوق نجاتها بعد غرقي في بحر غيابها.

حبّها لي كان أكبر من حبّها لرداء التقوى.

فيضان الغضب أغرق منزلها في بيروت حيث قطنت لسنوات قبل التحاقها بفيلق ملائكة الله في السماء وشفعاء البشر على الأرض الذي يسيح بالديار كذبًا ونفاقًا ورقصًا على طبول أدمغة المغفّلين. هكذا كان والدها، كما قالت لي، يصف مُتهكّمًا الراهبات ورجال الدين من جميع الأديان والطوائف والأعراق.

لم يكن والدها راضيًا عن زواج ابنته بشابٍّ مستطرق مثلي لا يُعرف أصله وأصل عائلته، وبالطبع لن تبارك والدتها زواجًا كان السبب الرئيس في تمزيق ثوب رهبنة ابنتها الذي حاكته لوحيدتها بصنّارة الأمل لأعوامٍ طوال قبل أن يتمّ المكتوب وتقرّر هالة تكريس حياتها في خدمة الله.

تأرّت هالة عن وعودها إلى الله ووالدتها. علّقت رداء الرهبنة في خزانة الدار وسكّت الباب على حكاية خشوع نَسَجَتها والدتها لها لكنّها لم تقتنع يومًا بها.

«رح ينيكك واحد مش معروف قرعة أبوه منين يا شرموطة!»، قال لها والدها شاتمًا ومتوعّدًا بحرقها وحرق عريسها الأجرب في طابونٍ لم يُطعمها يومًا، لتغادر «خطيفة» وتتزوّج أرثوذوكسيًّا.

قرّر إخوة هالة الثلاثة قتل مَن جلبت لهم العار بهروبها مع أرثوذوكسيّ لولا تدخّل كاهن كنيسة ردعهم عن وساوس نخرت صدورهم قبل تركهم لبنان وهجرتهم إلى البرازيل وكندا للتخلّص من فعلة أختهم الشائنة.

هاجر شقيقها ربيع إلى البرازيل وتزوّج امرأة كولومبيّة. لم تنقطع أخباره عن العائلة خلال السنوات الأولى لهجرته، أي بعد تأزّم الأوضاع في لبنان خلال الحرب الأهليّة الشعواء. أمّا جورجي وسيمون فقد استقرّا في مونتريال الكنديّة وأسّسا مصنعًا صغيرًا للحلويات اللبنانيّة تُصدّر إلى أونتاريو وكيبيك ومقاطعات كنديّة أخرى وإلى شمال أميركا.

بدأ ضوء ارتباطهم بالعائلة يخفت بعد نوبة قلبيّة لم يقوَ جسد والدتهم المهزوم على احتمالها. كانت عَلاقتهم بوالدهم متوتّرة وشبه مفكّكة بسبب ميلهم السياسي غير المتكافئ وعقله الجامد.

لم يهدأ منزل هالة يومًا. في الماضي لم تصمت الصراعات بين والديها. انقسمت الحياة بينهما إلى حلبتين، حلبة والدتها المتديّنة وحلبة والدها المعتكف عن الكنائس والدين لكنّه يكره الإسلام وفلسطين وسوريّة ورائحة الثوم المتملّصة من ثياب زوجته والمستمسكة بتفاصيل جسدها.

يهبّ في وجه زوجته كلّما قاءت ما في بُقَج إيمانها من أفكار أكثرها قداسةً هي أنّ يسوع المسيح هو ابن الله الوحيد المولود من الآب قبل كلّ الدهور. هكذا تقول ورقة قانون الإيمان المُعلّقة فوق طرف سريرهما الأيمن حيث كانت تتكوّر ليلًا جنينًا مشلولًا ينصت إلى شخير الجثّة المستلقية عن جانبها، زوجها.

كان يعدّ كلامها وكلام كنيستها كفرًا بالله وخلق أنداد افتراضيين له. المسيح ليس ابن الله، لا أبناء لله، المسيح نبيّ، نبيّ فقط والله هو روح ولا أبناء للأرواح.

لم يكن كلامه اهتمامًا بالله وبمن يكون، فهو عرو من مواضيع الأديان. كان محض حجّة يستعملها بين حينٍ وآخر للرقص على حبالٍ صوتيّة اعتادها شديدة الفتل في المنزل، فيتذكّر يوم كان، قبل أن يهجره الأطيبان ويتوشّى فيه الشيب، مسمور الجسد وممشوق القامة كشجرةٍ تفخر بسطوتها على الأرض الساجدة لها، لعلّه يعيد عِزّة صُلبه على زوجته قبل أن ينحني ظهره. أراد استرجاع مجد شارب رجولته المُندثر على يد مِقَصّ الشيخوخة.

«والله لتتشيّط بنار جهنّم يوم القيامة. يا الله شو بدّي إشمت فيك»، تُتمتم والدة هالة فيفلت زوجها ضحكة زائرة ويده اليسرى تخاصر كأس عرق وسيجارة بعمود رماد طويل تتقافز بين شفتيه ومن خلفها بقايا أسنانه المُكسّرة تلمع بلعابهِ.

«كس إختك على إخت جهنّمك بأيري».

***

«يا بنتي ولادك بالمستقبل حيتعتّروا. يا بنتي فكّري منيح، ابوس إجرك فكّري منيح وما تهدّي حياتنا»، قالت الأمّ لهالة قبل أن

تستسلم لنوبة بكاء لم تفرغ منها حتّى بدأت نوبة أخرى من العويل عند قبرها والمطران يصلّي فوق نعشها.

«صلّوا لأجلها»، قال الأبونا.

لم تتمالك زواج ابنتها برجلٍ ينتمي إلى طائفة غير الكاثوليكيّة.

ويوم قالت لها هالة إنّني سأغيّر طائفتي، نَظَرَت إليها بوجهٍ غزته الدموع المُعاتبة وهمست: «بس دمّه مش كاثوليكي لو شو ما عمل. الكاثوليكي جبينه بيلمع ولك بنتي... بيلمع».

تخلّت هالة عنّي وعدّتني السبب المباشر في موت والدتها.

عادت إلى بيت أبيها تطلب المغفرة قبل أيّام من زواجٍ لم يُبصر ضوءًا.

بعدها سافرتُ إلى ألمانيا وكنتُ أتسقّطها عن طريق صديقة عرّفتني إليها هالة. اختفت تلك الصديقة فجأةً بعد أربع سنوات. لا أعلم ما حلّ بها. فانتهت بذلك صفحة هالة من حياتي.

لكن كيف سافر والدي إلى ألمانيا؟
هذا ما لم أعرفه وقرّرت سؤال عمّتي عنه.

3

أنا المسوّرة حياته بمتاريس الخوف الطافح من مسامّه، تُقطّر الحياة نقيع ظلمها وجبروتها في فمي وأنا أتعبّبه صامتًا. فَنِيَ صبري، سوّلت لي نفسي الصراخ لكنّني تذكّرتُ أنّني بلا صوت ينوب عنّي في شرح ما حوّلني خزّان مشاقّ.

أتيت إلى هذا الكون مُثقلًا بجلاميد من عاش ألف عام في نزالٍ ضدّ شبح. ران بي كونٌ من الأوجاع وتراكم في صدري. صار ولوج ذرّة هواء إلى رئتيّ عملًا شاقًّا بلا مردود كحراثةٍ في أرضٍ وعرة لن تُنبت إلّا الزؤان.

تخلّيتُ عن حزمة الأوراق الهاجعة فوق سريرٍ يتوسّطه جسدٌ بدأ يتفكّك منّي بعد كلّ جملة اخترقت عينيّ رصاصةً موجعة.

ميزاني يتأرجح بثقل سؤالين... هل أحزن على والدي أم أحزن على نفسي؟ هل كان والدي الضحيّة والعالم من حوله بات الجلّاد؟ وأنا؟ من أنا في هذه الجلبة المشوّهة؟

لماذا تزوّج جدّي سامية؟ ولماذا اختار والدي معبر الصعلكة للوصول إلى برٍّ ظنّه الأمان لكنّه كان الهلاك؟ كيف انتقل من حياة

الشارع إلى منزل جدّتي، أو من ظننتُ أنّها جدّتي، ومن بعدها إلى ألمانيا؟

أسئلة كالديناميت عربَدَت في رأسي وتركتني حقل ألغام تفجّره أيّة خطوة.

حكايات قارضة فشلت إسخاتولوجيّات العالم في معرفة نهاياتها. بئرٌ عميقة بلا قاع. انتظار طويل... لمن؟ أطراف الرواية غابت... قُصِلَت أوتادها من جذورها وانصرفت عنّي هاربةً في زوبعةٍ مجنونة.

وجعٌ محبوك في أربعة وجوه، جدّتي ووالديّ وربّما أنا... من قالوا عنه لقيط ويتيم واجترّوه مئات المرّات في أحاديثهم المهموسة سرًّا والبارِكة على ظهره جهرًا.

كانت هذه الأوراق المنزوية في صندوقٍ ابتلعه الصدأ في خزانة عمّتي غصّةً مبحوحة في صدرها. استوت أوجاعه فوق نار القسوة الهادئة وراح يستفرغ ما في وجدانه حروفًا دميمة تقف قبالتي وقفة محامٍ يدافع عن موكّله، والدي، البريء.

ماذا أراد والدي أن يقول لي عبر هذه الأوراق العتيقة المتآكلة الأطراف؟ هل كان يسعى لصكّ غفرانٍ من شخصٍ مثلي لم يرحمه أحد؟ حتّى الموت الذي صلّيتُ لنيله لم أظفر به.

بأيّ حقٍّ تلوّح يداه من بعيد وتنفرد كنشّاب لا أعلم إن كان يرمي عنه لقتلي أم للدفاع عمّا تكسرّ منه.

رفسني والدي من جسده وألقى بي إلى دلوِ الحياة وتركني أغرق. يُتمٌ مؤبّد في خرقةٍ لفّني بها هو ووالدتي وسلّماني إلى جدّتي ديوجينًا يحمل مصباحه الجافّ الزيت ويبحث عن صدر أمٍّ لكنّه لم يستفق إلّا وشعر امرأة عجوز ينسدل على جسدها المتقاعد.

شاطتني والدتي من منزل جدّتي الدافئ بعدما اقتنعتُ بأنّه رحمي الثانية إلى مدرسةٍ داخليّة روّضتني إنسانًا جلس في ركن الانـزواء عشرة أعـوام ولم يغادره إلّا والزمن قد استحلب فرحه في زنبيل الوجع وهَتَك حياته وتركه سفينةً عائمةً تتقاذفها الصخور فوق نهرٍ جافّ إلّا من صدى دموعه.

تشكّلت في رحم أمّي لعنةً وشكّلتني الحياة في رحمها إنسانًا هشًّا كسيح الإرادة، يهرب من جوقةٍ لا تكفّ عن ترنيم الأسئلة في ذاته المكبوتة.

وجدتُ نفسي محاطًا بتساؤلاتٍ وخمة تجرّني ذليلًا إلى هوّة مظلمة وتدعس رأسي شامتةً بهذا الكائن المشظّى.

4

ابني الغالي...

أودّ أن أخبرك عن عَلاقتي بوالدتك وكيف تقاطعت طرقنا في برلين في كلّيّة طبّ الأسنان.

غادرتُ لبنان وأكملت دراستي الثانويّة مُتأخّرًا، وأعتقد أنّك على دراية الآن بالأسباب.

بعد أن أكملتُ الدراسة الثانويّة وتعلّمتُ اللغة، التحقتُ بكلّيّة طبّ الأسنان وتساؤلات كثيرة عن هالة وما حلّ بها تدور في رأسي.

كانت والدتك جميلة، جميلة جدًّا، ربّما كانت أجمل إنسانة في الجامعة. كلّا... كانت أجمل إنسانة رأيتها في حياتي. كانت تتحدّث العربيّة وتحديدًا اللبنانيّة لأنّ والدتها لبنانيّة. لم أفكّر فيها حبيبةً أو زوجةً لأنّني علمتُ أنّها مخطوبة لمعيد معنا في الجامعة، ولكن ما هي إلّا بضعة أشهر حتّى بدأ الجميع يتحدّثون عن انفصال باتريسيا، الطالبة البريطانيّة الأرستقراطيّة المهاجرة

من لبنان وفزع الحرب الأهليّة باحثةً عن مقعدٍ دراسيٍّ يقيها شرّ رصاصة طائشة، عن خطيبها.

أردتُ ردّ الجميل لرجلٍ تبنّاني، جدّك المفترض. كيف لي أن أقول له إنّني تغيّرتُ وأصبحتُ إنسانًا آخرَ لا صلة بيولوجيّة له بما كان؟ الزواج...

عندما أعود إلى لبنان برفقة امرأة كباتريسيا سيعرف أنّني تغيّرت وأنّ ما استثمره فيّ لم يذهب هباءً. لكنّه لم يفرح معي. أيادٍ خفيّة كانت أسرع منّي. ثمّة من انتزعه من سيّارة عمله في بيروت، انتشلوه وغيره ولم نسمع عنه شيئًا بعدها.

اختفى مَن كنسني من الشارع ووارى غباري تحت سجّادة أمله بأن أصبح ابنه، أحمل اسمه وأزفّ له أولادًا يُقلقون نومه وصحوه لعلّ شمعة حياته المنطفئة منذ وفاة ابنه الطفل تنير من جديد.

عدتُ إلى لبنان برفقة باتريسيا. كانت العائلة، كما بيروت، مدمّرة. الجدران ترفض النظر إلينا، في قلبها عتب وفي عينيها بصقة على من خدشها وفضّ ألوانها ببقع الرصاص والحقد وسخام الانفجارات والقنابل.

جدّتك «الافتراضية» وعمّتك «الافتراضيّة هي الأخرى» كانتا وحيدتين تنتظران أوبة سندهما، الزوج المخطوف والأب الحاضر روحًا وخنجرًا ضروريًّا لمبارزة صلف الحرب الأهليّة ونصالها.

قرّرتُ البقاء في لبنان لأكون سندًا فقدتاه، لأردّ جميلَ رجلٍ قدّم لي الكثير ولم يطالبني بشيء. شعرتُ وأنا أتلقّفك بين يديّ أنّ حلم أليفتيرياديس قد تحقّق. أنت الذي انتظره طويلًا ولم يره.

غادَرَت والدتك لبنان لأنّها أرادت إكمال دراستها في لندن. لا أحاول تشويه صورتها في عينيك وإغارة صدرك عليها. لكنّها تخلّت عنك في وقتٍ كنتُ فيه أؤسّس لمشروعٍ صغيرٍ في دبي

فلم يكن أمامي إلّا والدتي، لا أقول إلّا والدتي وإن كنت أعرف أنّها ليست والدتي، إذ وافقت على الاهتمام بك وبشقيقك فادي بعد وفاة والدته، زوجتي الثانية بعد والدتك، في قبرص. طلبت والدتك الطلاق بعد أن عرفت قِصّة زواجي ببونيتا وانتهت حكاية أخرى من حياتي وبقيت أنت الفصل المجزوز منها.

الجعبة الثانية

بوصلة عرجاء

أشتاقك كثيرًا...

أنت يا من لا يعود...

1

«وسال الزمن أمامي: من هو الذي كنته،
ولماذا لم أعرفه من قبل؟».

فادي عزّام (سرمدة)

جلسوا إلى طاولةٍ مدوّرة. التفّوا حولها وخنقوها عقدًا ضيّقًا يطوّق جيدَ امرأة.

الكؤوس شبه ممتلئة، ما يعني أنّني لم أتأخّر كثيرًا عنهم. لكنّني لا أبالي، بل على العكس، أفضّل أن أكون آخر الواصلين. نقصًا ربّيته في ذهني وطبطبتُ عليه مُدَلِّلًا كي لا يذبل.

اليوم عيد الاستقلال اللبنانيّ ونحن نحتفل به في كندا لأنّنا أضعف من البقاء في أوطاننا حيث الأعناق مُهدّدة بالجزّ.

وحدهم العبيد يحتفون بهذا العيد ضنكًا جديدًا يمجّد استرقاقهم. الأحرار أحرار بالولادة، لم يحتاجوا يومًا لصيحاتٍ ترفرف فوق حناجرهم إثباتًا لهذا العالم المزوَّر أنّهم لم ينزلوا إلى إرادةِ رئيسٍ يمشي على شقاء خلق الله بحذاءٍ إيطاليٍّ نظيف تنعكس في جلده وجوه الجياع الحائضة بالموت والمُقتَبَسة من أضابير الحروب،

أو لدولةٍ محتلّة تمارس ديمقراطيّتها الحانية بمنتهى الديكتاتوريّة وتخاف على أطفالها من حليبٍ فاسدٍ بينما تزجّ أطفالنا إلى حلبات مصارعة يتناطح القُوّاد فيها بقرون بلدانا.

جميلة كلمة «قُـوّاد»، فهي جمع «قائد» ومفرد كلمة أخرى مفتوحة القاف. المعنى ينطبق عليهم في الحالتين.

لا معنى للاستقلال في بلدٍ قد تتهشّم فيه بعُبوّة ناسفة إن قرّر أحدهم دخول الجنّة مُستخدمًا حياتك وحياة من تُحبّ بطاقةَ مرور بعد أن لجّت غرائزه وناحت عليه أن يعتلي حوريّة، فوجد أرواح الأبرياء سريرًا سهل المنال للبيعة. أن تُذبح على رصيفٍ إن التهم جائع حبيبتك بعينيه وقرّرتَ الانتفاض وحماية شرفك يعني أنّك أبعد ما تكون عن فوح رائحة الاستقلال.

أين الاستقلال في بلدٍ جرثمته الطائفيّة وضاعت مكاييل عدالته وباتت أعظم مطالب شعبه الاستمتاع بالكهرباء دون انقطاع، ووصول المياه المُعقّمة إلى الصنابير، ولمّ النفايات من راحات الشوارع، وغياب العنصريّة وخطابات التفرقة من صحون الجوامع وباحات الكنائس، والخلاص من أزمة لاجئين يزاحمون اللبنانيّ في لقمته وباتوا خطرًا لا فرار منه على اقتصاد البلاد وديمومتها كدولة؟

لا معنى للاستقلال وأنت رهين قُمقم حزبك ودينك وميلك.

أين هو الاستقلال؟ أضربوه بهراوةٍ عندما تظاهر لتثوير الوطن؟ أم رجموه بحجرٍ عندما استنفر؟ أم سفكوا دمه عندما انشقّ؟ أو ربّما سرّحوه من عمله بسبب شكوكٍ تحوم فوق ميوله الجنسيّة غير السويّة كنذيرِ شؤمٍ؟ هل خُطف في منطقة شيعيّة لأنّه سنّيّ؟ أم أهانه أحدهم في منطقة سنّيّة لأنّه مسيحيّ؟ هل اشمأزّ منه مسيحيّ لأنّه مسلم؟ أم اتّهمه مسلم بالكفر لأنّه مسيحيّ؟ أين الاستقلال وعقولنا كفّنها التخلّف؟

من قال لهم إنّ الاستقلال هو خروج المحتلّ من الوطن وغياب البزز العسكريّة من الشوارع؟ ما الفائدة من طرد الغازي وهو يتّخذك مَطيّةً؟

في بيروت، لا تتغيّر الأشياء كثيرًا في هذا اليوم. يستمعون إلى أغنية «راجع... راجع يتعمّر راجع لبنان» لأنّها باتت النشيد الوطني لحرّيّةٍ صدّقنا امتلاكها. بعضهم يلفّ العلم على معصمه وآخرون يشربون الخمر اختصارًا للوطن واحتفالًا بسكرهم الأبدي.

ريتا التي تختلف معي في كلّ شيء حتّى إن قلتُ لها تمرة قالت جمرة، لن تعترف بالاستقلال قبل خروج الشعب السوريّ بمآسيه المُلطّخة باغتباط البعض من لبنان. هي ناقمة عليهم جميعًا لأنّ شرذمة سوريّة مسلّحة قتلت شقيق جدّها في الحرب الأهليّة.

«خَرْجُنْ... الله لا يقيمُنْ»، تقول في كلّ مرّة تسمع فيها خبرَ مجزرةٍ في حلب أو الغوطة أو مناطق سوريّة الأخرى.

يثور جاد، زميلنا هو الآخر، في وجهها وينعتها بالمتخلّفة:

«لِك إنتِ مسيحيّة إنتِ؟ بس شاطرة كل يوم أحد تروحي على الكنيسة وتتناولي القربان وشايلة كل هالحقد بقلبك؟ هيك علّمك المسيح؟ هيك وصّاكي لمّا قلّك حِبّي عدوّك؟ شو إنِّك بلا دين. المسيح والعدرا متبرّين مِنّك ليوم القيامة».

من جهتي، لا أخوض هذه المماحكات. أحمل حاسوبي وأسرق طاولةً بعيدة عنهما تلتصق بالزجاج المطلّ على الشارع عند قنديل خافت الضوء ينير هَدَمات المطر المُنتحرة من السماء ويضيف رونقًا أعشقة على المكان وأبدأ الكتابة عن امتعاضي من الظلم المُخيّم على دول العالم الثالث، أو الرابع والخامس وأترك لجاد وريتا حلبة نزاعاتهما غير المنتهية.

أدافع عن العراق وسوريّة ودولٍ غير موجودة على خريطة الطاولات الرئاسيّة ومجالس النوّاب. أدافع عمّن انجرّوا إلى أناسٍ أفواههم تسبّح الله وأياديهم تذبح نسله.

يطلبون حرق جثثهم وإغداق رمادهم على الريح لأنّهم لا يثقون بأرضٍ تبيد أبناءها. طردتهم عن أحضانها في الماضي غير البعيد وصيّرتهم لاجئين خرّمهم التيه وأغلق معابر الإياب في وجوههم البليدة الابتسام. ولأنّهم لا يعرفون إن كانت الأرض ستحتفظ بعظامهم في قبورٍ ازدانت بشواهدِ شبابٍ في ريّق حياتهم أم ستركلها كما ركلتهم أحياءً إلى قبور هجرة تكيلها بلاد الحرّيّة والعدالة والرفق بالإنسان العربي، بلادٍ قالوا لهم إنّها الخلاص.

بعثرتهم الطائفيّة والهجرة ولعبت بهم نردًا خاسرًا. عانقهم الموت وترك عبقه في ثيابٍ كانت تكسو أجسادهم وتعرّي ما شوّهه أرذال الحرب.

يشتمني شخصٌ من الكويت لأنّني أدافع عن ضحايا بغداد والشعب العراقيّ. الجيش العراقيّ، برأيه، غزا بقيادة صدّام حسين بلده ودمّرها ونهبها قبل أن يولد في ليلةٍ سوداء لم تُبصر الشمس، يستحقّ الشعب كلّ هذه البلايا:

«هذه لعنة الله على الشعب العراقي الذي دخل أرضنا واغتصب ليلنا فأنجبوا لنا نهارًا معوّقًا. أشوف بيك يوم أغبر إنت وبلدك حتّى تعرف شنو يعني ظلم يا قذر!»، كتب بخطٍّ عريض كاد يفجّر شاشة محمولي.

شتيمةٌ أخرى من لبنانيّ تصفعني:

«كِس إمّك يا عار! عم بتدافع عن سوريّة؟ ولك نسيت شو عملوا ببلدك؟ نسيت يا بلا شرف! ولك تفه عليكن شعب خسيس. دافعيلك الخلايجة، دافعيلك عالصرامي يا إبن الصرماية!».

ذاك المؤمن الشتّام كان يضع «وجادلهم بالتي هي أحسن» صورةً شخصيّة لصفحتهِ.

أغادر المقهى بعد أن اغتصبت شتائم روّاد الإنترنت بكارة أفكاري. أطعم قطط الشارع ما بقي من مقالٍ حذفته من المدوّنة بعد أن غرقت أحرفه بلعنات القرّاء وتوعّداتهم بسرقة حسابي وتدمير جهازي. قرّرتُ أن «أمشي جنب الحيط» كما يدعو ناموس جدّتي.

سيّارة تمزّق الشارع بسرعةٍ جنونيّة. الأغاني الصاخبة بهيروغليفيّة لا أفهمها تتناثر من النوافذ المفتوحة تكشف عن أيادٍ حاملة البيرة والسجائر. دعسوا قِطّة كنتُ أطعمها بقايا مقالاتي. سالت من جسد القِطّة المُهشّم شتائم القرّاء. حملتُ الجثّة بمقالاتها وألقيتُ بها إلى مقالب الماضي.

فتاة ليل تتسوّل بجسدها الفارغ وتتبرّج بمآرب الرجال لإفراغ ظهورهم في جوفها تلحقني، كعبها يزرف أذنيّ ورائحتها تثير غرائزَ كبحتُها في جسدي لسنوات كلّما تذكّرتُ وصايا الخوري في الكنيسة...

«لا تشتهِ امرأة قريبك!».

هل هي امرأة قريبي؟ لا أظنّ. لا أقرباء لي. سأنام معها إذن. ولو كانت امرأة قريبي لنمتُ معها أيضًا وربّما برغبةٍ أطول... وأعرض!

مارستُ الجنس وصدى صوت الخوري والآيات المُنتَشَلة من الإنجيل المقدّس والمتعلّقة بالزنى وعذاب جهنّم بفصاحة حرّاس الفردوس تقفز فوقي بوجه امرأة أربعينيّة صعودًا إلى الجنّة وانزلاقًا إلى الجحيم وتغبّش سُكرتي. خرجت الآهات من فمي نشوةً تتوكّأ على ألمي من نار جهنّم.

– أبونا بس أوقات بحتاج إنّي....

– بس تحس حالك بدّك تعمل شي يغضب الله، صلّي.

استعجمتُ كلامه والتبس عليّ الأمر. كيف للصلاة أن تقف حاجزًا بيني وبين رغبةٍ زرعها الله فيّ ولم أخترها تفضيلًا؟

2

«أبونا أنـدراوس مصاحب سينتيا على فكرة، بس شاطر كلّ يوم أحد يعمل حاله سفير يسوع المسيح على الأرض وينصحنا نبعُد عن كسر بنود الشريعة الإلهيّة»، قالت ريتا بصوتٍ واضح وكأنّها لا تخاف أن يسمعها أحد وينقل الكلام إلى أبونا.

تفرج امرأة جالسة على نفس مقعدنا في الكنيسة عن نظرةٍ فيها من الاستغراب والاستحقار – لريتا لا لأبونا – ما يملأ جرار علي بابا ويفيض.

«فضحتينا!»، أقول بفمٍ لا يكشف عن أسناني وأنا أحملق في صورة مريم العذراء المرسومة على حائط الهيكل الخارجي بالقرب من صندوق المرتّلين.

«أيّتها الفائقة قُدسها، والـدة الإلـه خلّصينا»، ترنّم الجوقة، وريتا تتأفّف.

ريتا لا تكمل القدّاس، تغادر قاعة الكنيسة بعد أقلّ من نصف ساعة على قراءة أوّل إنجيل، وأحيانًا تأتي متأخّرة لتبقى حتّى انفضاض المراسم لتناول القربان المقدّس فقط.

– كس إمّك خلّصنا بقا. شو وعظة هاي ولّا سيرة حياة؟

تزجر مع نفسها.

– قاعدة بنص الكنيسة وعم بتسبّي؟

– شو يعني كنيسة؟ هي كم حيط وبخور وكم رسمة هون وهونيك وواحد مسطول طالع على الـstage وعم بيكذّب على كم أهبل متلك.

– إسمه هيكل مش stage!

– طيّب هيكل، ولا تزعل. سْكوت سْكوت وأخيرًا خلّص لعي. رايحة إتناول.

خرجنا من الكنيسة وكانت الباحة ممتلئة بالمصلّين. بعضهم يضيء الشموع قبالة تمثال مريم العذراء قرب المدخل وبعضهم يضحك ويحاور آخرين. اقتربتُ من ريتا وقبّلتها.

– بعرف ما بتحبّي عيد ميلادك، بس لازم عايدك. كل سنة وإنتِ سالمة، عِقبال الميّة.

– وليش تا إفرح بعيد ميلادي دخلك؟ لأنّي خسرت سنة من عمري وتقرّبت تلتميّة وخمسة وستّين خطوة من الموت؟

3

تركتُ ريتا في الكنيسة وعدتُ إلى منزلي. صندوق والدي لم يتحرّك، لم يختفِ كما تمنّيت. يتربّع في زاوية غرفة الجلوس بشموخ.

لو أنّنا نحقّق ربع أمنياتنا لتقاعدت الدموع وهجرتنا.

مكالمة واحدة إلى عمّتي كانت الدواء الناجع، أو ربّما الداء المُهلِك، لعلّتي ولأسئلةٍ كثيرة لم أعثر على إجاباتها الشافية في صندوق ذكريات والدي بسبب الرسالة الثانية المفقودة.

– أقام والدك علاقة مع جيني اليونانيّة. كانت تحشر الأموال في جيوبه كلّ يوم، وهذا ما ساعده على ترك حياة تشرّدٍ مارسها مذ أن غادر منزل والده ووجهته الشارع. لم تنتهِ مشاكله كما توقّع. كان وسام مراهقًا جانحًا عندما بدأ عواء ذئاب عائلة جيني وروّاد سريرها ينساب إلى حياته. عندما علم ابن جيني أنّ والدته على عَلاقة جدّيّة بشابٍّ متشرّدٍ لمّته بقايا طعام لم تلفت انتباه قطط الشوارع وكلابها وأنّها تودّر أموالها عليه، قرّر ترك السعوديّة، حيث كان يعمل مهندسًا في شركة بترول، والعودة إلى لبنان لأخذ نصيبه من ثروة والدته الفلكيّة قبل أن يبتلعها عشيقها المعتوه.

– المعتوه... نعم المعتوه، هذا أصدق ما يُقال عنه... المعتوه.

قلتُ لها من تلك القارّة البعيدة المعتوهة.

– أعتذر، لم أقصد الإساءة. أعلم أنّه والدك، لكن...

– أكملي قِصّة المعتوه...

قاطعتها بحزم.

– لم يكن والدك...

– المعتوه... ليس والدي، بل المعتوه.

– لم يكن والدك في المنزل عندما وصل ابن جيني وبتر قطيعته بامرأةٍ زرعت في نفسه ألف عقدة بعدما شاهدها في سريرٍ تقاسمته مع مَن دخل بيتهم للمرّة الأولى صديقًا لابنها، لكنّه تسلّق سريرها وتعلّق بجسدها. شِجارٌ عنيف دار بينهما. حاول خنق والدته إلّا أنّ وصول... (توقّفت عن الكلام)... إلّا أنّ وصول والدك غيّر حبكة المعركة ورسم لها مسلكًا لم يتوقّعه أحد. رفس والدك ابن جيني ليخلّصها من قبضته فسقط الابن أرضًا ومات. لم يعرف أحد سبب وفاته. لم تكن ثمّة أيّة جروح في جسده ولا كدمات ولا أيّ أثر لاعتداء، لكنّه مات.

– ربّما لأنّ يد والدي مسمومة...

قلتُ هازئًا.

– حُبِس والدك عدّة أشهر. لا أعلم التفاصيل والأسباب التي قادته إلى الحبس. لم يكُ قاتلًا، كان يدافع عن زوجته، أقصد حبيبته... عشيقته... لا أعلم مفصل عَلاقتها به...

– قحبته... قولي قحبته، من شو خجلانة؟

اختفى صوتها في غياهب الصمت وكأنّها تطلب إذنًا لتُكمل...

– كيف وصل والدي إلى منزلكم؟ وكيف تبنّاه جَدّاي، أقصد والديكِ؟

– بعد خروجه من السجن، أو الإصلاحيّة، لأنّه كان دون سنّ الرشد، كان والـدي يفكّر في تبنّي شابّ لأنّ أخي مات قبل أن يتمّ عامه العاشر. ولم تكن والدتي قادرة على الإنجاب لأنّها تجاوزت الأربعين. لم يخفت حلم والدي بوجود رجلٍ في عائلتنا يحمل اسمه ويحمي زوجته وابنته من بعده. وعن طريق العديد من المنظّمات الانسانيّة والاجتماعيّة وعلاقات والـدي الكثيرة توصّل إلى منظّمة تُعنى بالاعتناء بالمراهقين الأيتام وإصلاحهم بعد خروجهم من الحبس والتواصل مع العوائل الراغبة في التبنّي. ولأنّ والدي كان خائفًا على والدك من أن ينتقم منه أحد أقرباء جيني اليونانيّة وعائلة هالة من بعدها، قرّر تسفيره إلى ألمانيا للدراسة ومن ثمّ الالتحاق بكلّيّة طبّ الأسنان حيث التقى والدتك وتزوّجها وعاد إلينا رجلًا آخرَ.

– ماذا تقصدين برجلٍ آخر؟

– لم يكن ذلك الرجل الشرس المتوحّش. عاد أليفًا، مثقّفًا وكأنّ ما أمضاه في برلين غيّر جلده تمامًا.

– إذن والدي لم يعش طويلًا معكم قبل أن يترك لبنان؟

– كلّا... افترس القلق والدي بسبب عَلاقات وسام المشبوهة بتجّار المخدّرات وبيوت الدعارة وربّما أشياء أخرى لا نعرفها. كما انتابته بعض الشكوك في ما يخصّ عائلة هالة، ولا سيّما بعد وفاة والدتها وعودة هالة إلى بيت أبيها.

– هل تعرّف إلى هالة عندما كان في منزلكم؟

– نعم. كان في بيتنا ووقتها بدأ الذهاب إلى المدرسة الثانويّة ليُكمل ما فاته.

– وكيف علمتم كلّ هذه الأشياء عن حياته؟ أقصد حياته قبل الإصلاحيّة، لا أتخيّل أنّه جلس معكم يحدّثكم عن ماضيه المشرّف.

– لم يفعل بالطبع... عندما تتبنّى شخصًا من الإصلاحيّة تُزوَّد بملفٍّ كامل عن حالة الشخص الصحّيّة والقانونيّة والاجتماعيّة.

– ووافق جدّي... أقصد والدكِ، على احتواء كيس القمامة هذا في منزله. لا أصدّق ما أسمع، لا أصدّق.

– لا أعلم لماذا أصرّ والـدي على والـدك بالذات رغم وجود العديد من المراهقين والأطفال في المياتم وحتّى الإصلاحيّات بلا تاريخ إجراميٍّ أو على الأقلّ كانوا متورّطين بقضايا أقلّ خطورة من قضايا والدك.

– المعتوه...

قلتُ لها واستأذنتها إنهاء المكالمة.

الجعبة الثالثة

ميلودراما الأمس

لا تنتظر عودتهم،

ارحل إلى حيث يقطنون...

1

«البكاء في حقائب الراحلين،
أهمّ من القمصان والأحذية».

محمد حسن علوان (القندس)

ما حصل مع فادي لم يكن غريبًا. لم يفاجئني ولم ينثرني فوق سحاب الإحباط.

لم أتوقّع أن يعرفني ولم أعتمد على أواصر الأُخـوّة لتدلّه إلى شقيقٍ رآه للمرّة الأخيرة عندما كان طفلًا لم يتجاوز التاسعة.

فكرة مجنونة تسيّدت عليّ وقرار بلا أسسٍ أو أسباب منطقيّة أصدره قلبي. ربّما صندوق والدي؟ أو ربّما حنيني لفادي؟ خسارتي فرح وشعوري بالوحدة؟ لا أعلم. كلّ ما أذكر هو أنّني حملتُ حقيبتي وذهبتُ إلى دبي لمواجهة أخي بأخوّتنا، لعلّه يتذكّر ولعلّني أنسى.

تسلّقتُ سلالم البناية حيث يسكن متوئّدًا وصلّيتُ أن يحدث شيء يأخذ على يديّ في الاستمرار في جرحٍ كنتُ أشقّه بيدي ولا آبه لنزفه الممتدّ أمامي بحرَ أوجاع.

آخر يوم رآني فيه كان هناك، في تنّورين وهو يعتصر مئزر جدّتي الملوّث بدقيق كعكةٍ كانت تعدّها لنا، كعكة احترقت في الفرن وهي تنتظرنا.

اعتصر أخي المئزر بيديه الصغيرتين وطمس رأسه الأشعث فيه. اختلطت دموعه بذرّات الدقيق المنثورة فوقه والتي صنع الزمن منها عجينةً سدّت جسور الوصل بيني وبينه. يومها حُجِبت أخوّتنا في كسوفٍ ما طلع له ضوء.

نظرتُ إليهما من سيّارة خالتي التي أقلّتني إلى جحيمِ غربةٍ استولت عليّ وهزمت الطفل داخلي.

كانت تلك نظرتي الأخيرة لتنّورين قبل إصابتي بعمى الفقدان.

تلصّصتُ كثيرًا على صفحات أخي الإلكترونيّة. راقبتُ تحرّكاته، تفحّصتُ عن صوره وزرتُ صفحات معارفه. من يحبّ ومن يكره؟ من يتابع من المشاهير؟ ماذا يرتاد من أماكن؟ أين يعمل؟ إلى من يشتاق؟ ومع من يمزح؟ هل يتابع كأس العالم؟ من يشجّع؟ متى يحزن ومتى يفرح؟

نكشتُ أجوبةً بلا أسئلة...

أخي يعرف الكثير من البشر، لكنّه لا يعرفني ولا أعلم إن كان يريد أن يفعل.

كم كنتُ أشعر بالغبطة وأنا أتتبّع نجاحات مشاريعه الهندسيّة في دبي. فرحتي بصورته مع فتاةٍ لبنانيّة عَرّف عنها بأنّها حبيبته لم تضاهِها فرحة. سنوات وأنا مشغوف به آملًا أن أرتمي في حضنه كما اعتدت أن أفعل كلّما ضربني أحدهم في مدرسة تنّورين فأهرع إليه طالبًا نجدته وحمايته.

نعود إلى منزل جدّتي وبقع الدم والأتربة تزوّق ملابسه تزويقًا بشعًا فتعاقبه جدّتي ولا ينبس ببنت شفة عنّي.

«فادي الصغير كبر، وأنا بعدني صغير علقان بحقل تنّورين والذكريات».

فادي لن يعرفني، وإن عرفني، فكيف ستكون ردّة فعله تجاهي؟ هل لا يزال يعتقد أنّني تخلّيت عنه بعد سفري إلى لندن وقطعتُ صلتي به رغبةً منّي في الابتعاد؟ كيف سأشرح له أنّني ضحيّة حقد والدتي على والدته وعليه وأنّني كنتُ أرزح في قفص المدرسة الداخليّة متحايلًا على الوجع بشقّ الأنفس سعيًا للوصول إليه وإلى جدّتي؟ هل ترمّم كلمات قليلة فجوة نَحَتَها الزمن في صلصال أُخوّتنا؟

كيف سأذكّره بتلك الأيّام؟

نذهب إلى دكّان العم شربل ونشتري الحلوى من مصروفنا وعندما أشتهي شيئًا لا يقوى مصروفي على شرائه يتنازل هو عن حلواه ويبتاع لي ما يطيبه قلبي.

كيف للعاطفة أن تتحوّل إلى قسوة؟ فادي لم يكن قاسيًا معي، لم يضربني يومًا، لم يصرخ في وجهي ولم يسرق ألعابي. ورغم أنّه يكبرني بسنواتٍ قليلة، شعرتُ به أبًا، لا أخًا كبيرًا قالت والدتي لي إنّه ابن حرام.

«ماما... شو يعني إبن حرام؟»، سألتها وهي مستمرّةً في فضّ بكارة طفولتي وتأثيث سنوات عمري المقبلة بالعبث.

– يعني بيّك كان ينام مع إمّه وهنّي مش متجوزين، ببلادكن بيسمّوه ابن حرام.

هكذا شرحت والدتي معنى «ابن حرام» لطفلٍ لم يتجاوز العاشرة.

هل أطرق الباب أم أنسحب بهدوء اللصوص؟

وكأنّه سمع ندائي...

فُتِح الباب وانبثق أخي من الداخل. شُلّ الزمن وقتها وانكفأت الأصوات على وجهها. انبلجت عيناي وعدتُ خطوتين إلى الوراء كمن روّعته جريمة.

لم يتكلّم. تحيّر في أمر الواقف أمام باب شقّته. لا يبدو عربيدًا أو لصًّا. ثيابه تقول عكس ذلك.

– من أنت؟

سألني.

استغلق عليّ الكلام فصمتُّ كمن يصلّي في جنازة.

وهل أصعب من أن يسألك شقيقك من أنت؟

«عم تسألني أنا مين يا خيّي؟ أنا الكان يهرب من تخته وينطّ على تختك لحتّى يتخبّى فيك بس يشوف كابوس بنصّ الليل. أنا الكنت تلعب معه فوق سطح البيت وبالحقلة. أنا الكنت تاكل معه رزّ بحليب بنفس الصحن وبنفس الملعقة. أنا الكنت تخانقه على شموع الشعنينة، كنت دايمًا بتحبّ يكون معك أطول وأكتر شمعة فيها ورود وألوان. كنت توقف مقابيلي بس نبلّش ندور داير مندار الكنيسة وأنا قلّك يا فادي صير وراي ما عم إحسن شوف شي إنت أطول منّي. وكان بس الهوا يطفّي شمعتي تركض لعند ستّي تجيب الكبريت لحتّى تضوّيها. يا خيّي لو كان قميص المدرسة بعده معي لكنت فرجيتك كم مرّة رسمت على كمامي بقلمك الأزرق. لو كان في عندي دليل واحد على إنّك خيّي كنت فرجيتك ياه، بس ما عندي شي غير القصص اللي جمعتني فيك. أنا يا خيّي الكنت تحط إيدك بإيده وتوصّيه ما يفلتك وقت الكنت تمشي معه بالشارع المعبّى رمل لحتّى نروح عالمدرسة. أنا يا خيّي الكنت تقَعده على الرصيف وتربطله شريط صبّاطه بس ينفكّ لأن كنت تخاف عليه من إنّه يتفركش. أنا الكنت كرماله تشتري منقوشة نص زعتر ونص جبنة لأن أنا كنت

حبّ الجبنة وكنت إنت تحبّ الزعتر، بعدك بتحبّ الزعتر؟ بعدك عم تشتري منقوشة وتقسمها نصّين أو نِصّي أكلته ذاكرتك؟ إنت أوّل حدا بتكي راسي عكتفه. عندي ألف جواب لسؤالك، عندي كتير أجوبة يا خيّي كتير! بتتذكّر وقت الكنت بفرصة المدرسة تمرق على صفّي وتسألني إذا في حدا عم بيضايقني؟ وكنت تسألني إذا كان معي ماي بقنينتي أو خلص. كنت تسقيني، وتذكّرني إنّي لازم غسّل إيديّ قبل ما إمسك سندويشتي. سندويشة اللبنة بتتذكّرها؟ أكيد بتتذكّرها لأنّك ما بتنسى، مش متلي، كنت وبعدني بنسى كتير. كنت إنسى وتذكّرني، إنسى إعمل فرضي وإنت تفتح شنتايتي وتطلّع الأجندة تبعي وتسألني شو عملت وشو ما عملت. ما كنت تنسى شي يا خيّي بس مش عارف ليه نسيتني».

قلتُ له ولم أقل. دار الكلام في قلبي وامتطى لساني لكنّه سقط قبل أن يصهل.

– أبحث عن شقّة السيّد مروان.

قلتُ بخيبة متّكئًا على أوّل اسم خطر في بالي.

– لا أعلم. تستطيع مراجعة مكتب البناية. أعتذر عليّ الذهاب.

قال في عجل.

غادَرَني فادي كما غادَرْته قبل سنوات...

وفي أثناء انتظاره أمام المصعد، فُتِح بابه وخرج والدي.

نطق والدي اسمي بصوتٍ رجّ جدران البناية. فادي لم يحرّك ساكنًا وأنا مثله. وقف والدي بيننا لا يعرف إن كان ارتكب حماقةً أم صنع معروفًا عرّف فيه فادي إليّ.

– ابن باتريسيا؟

لسعتني طريقة فادي في وصفه لي.

– ابني يا فادي... هيدا إبني وخيّك.

أجابه والدي متضرّعًا.

ابتسم فادي ابتسامة لن أنساها ودنا منّي. نقر بسبّابته على صدري عدّة مرّات.

– بتعرف قدّيه إلي ناطر لحتّى شوفك؟

قالها وفي نبرة صوته شيء عكس ما ينطق به.

– لا ما يروح بالك لبعيد، للندن مثلًا... خلّيك لحظة هون. مش ناطرك لحتّى قلّك قديه أنا مشتقلك. كنت ناطرك لحتّى قلّك إنّك ابن الإنسانة اللي دمّرتني... إمّك الكبيرة العظيمة الشريفة اللي...

قفز والدي بيننا متوسّلًا إلى فادي برجاء أن يصمت.

ألقمني الحجر، فتح باب المصعد وغادر بلمح الألم.

أن تكتشف أنّ والدك يتاجر بالممنوعات وأنّ جدّتك ليست جدّتك. أن تفقد حبيبتك بسبب جرائم لا بصمة لك فيها، أن تفقد كلّ شيء، وقتها ستعلم أنّ الحياة ليست عادلة.

لكن ماذا أراد فادي أن يقول عن باتريسيا؟ ولِمَ منعه والدي؟ هذا ما لم أعرفه.

لا أعلم سبب اتّصالي بوالدتي يومها. ربّما لأنّ رغبة ملحّة تملّكتني لأسالها؟ لكنّني لم أفعل.

اعترفتُ لها بشيءٍ عتيق في نفسي.

بدأتُ الاتّصال بالصراخ فردّت:

– أنا من حقّي عليك إنّك تحترمني ومن حقّي عليك كمان إنّك...

– حقّك! حق شو اللي عم تحكي فيه دكتورة باتريسيا؟ وأنا حقّي من وين بدّي جيبه؟ مشّي نروح على المحاكم ونسألن مين إله حق عند مين! مشّي نسأل العالم مين إله حق عند مين!! أنا أو إنتِ!

بتعرفي على كتر ما بكّيتيني أنا وصغير وعلى كتر ما حرقتيني بحقدك وأنانيتك وغطرستك خلّيتيني إكرهك... إيه ماما إلي سنين عم جرّب قلّك إنّي بكرهك صدقيني بكرهك وبلّشت إكره حالي كلما حسّ إنّه دمّك الوسخ إنتِ وجوزك عم يمشي بعروقي.

– إنت كيف بتتجرّأ و.....

– ولك فيكي تخرسي ولو مرّة وحدة بحياتك؟ فيكي كمان تطلعي من حياتي، ما بقا بدّي شوفك. خلّيني نظّف حالي منّك ومن جوزك. روحي إنتِ ويّاه على شي مصحّة أو مستشفى أمراض عقليّة. ما تفوتوني بقا بيناتكن فهمتي. وبحذرك باتريسيا، إصحك تحاولي تتّصلي فيّي أو تجرّبي تشوفيني. ما عندي شي إخسره ومستعد فوت فيكي عالحبس أو روح عالشنق. انقلعي من حياتي... انقلعي يا أوسخ حدا شفته بحياتي.

2

«هل يموت الماضي؟»، سألتُ نفسي وأنا أقف قبالة مدرسة داخليّة في تورونتو الكنديّة.

– الماضي مش رح يموت، الماضي معلّق فيك وين ما رحت.

– إنت مين؟

– أنا إنت الصغير. سليم الصغير اللي إنت والحياة دمّرتوه...

– أنا دمّرتك؟ أنا؟ كلّ شي عملته كرمالك وعم بتقول إنّي دمّرتك؟... جبتلّك أحسن شهادات وعيّشتك بأحلى بيوت وركّبتك بأغلى سيّارات وعم بتقلّي إنّي عذّبتك؟

– ليه سكتت؟ كفّي حكيك... وحمّلتني أثقل هموم وبكّيتني مليون مرّة وحبستني بقُمقم ماضيك وخنقتني بوجعك، لك حتّى برواياتك بتخجل تكتب إسمي. بتحب كفّي أو خلص؟ كم مرّة مدّيتلك إيدي وقلتلّك مشّي نطلع من هالكهف وإنت معلّق بحبال ذايبة وعم بتفتّش على تاريخ عتيق عم يبني على وجعك ألف وجع؟ كم مرّة؟ إنت شو ما بتتعب؟ بتهوى الوجع؟ انعجنت فيه؟ بَطّل فيك تتنفّس وإنت مش موجوع...؟

– لا! أنا مش هيك... صدّقني أنا مش هيك... أنا كنت عم حاول ردّك الصغير بكلّ شي حلو فيه. كنت عم جرّب إحكي معك وقلّك إنّي اشتقتلّك بس إنت ما كنت ترد، إنت اللّي تركتني مش أنا... متل كلّ الناس اللي تركوني بنصّ الطريق... ستّي وإمّي وبيّي وخيّي وفرح... الكلّ...

– وإنت؟ ما تركت حالك؟

– أنا...؟

– إنت... إيه إنت. وينك؟ بتعرف إنت وين هلّق؟ بكندا أو بلبنان؟ وهيك بتكون هربت من لندن؟ بدّك تعيش بدبي؟ ذكي... إنت أذكى غبي مرّ بحياتي. بدّي قلّك شي... شي واحد... لبنان عايش فيك، محفور بصدرك لو طلعت على القمر، حاجتك كل يوم ببلد وكل يوم بشغل، ساعة مع لاجئين ساعة مع معوّقين ساعة بالتعليم. ما حدا لاجئ ومهجّر غيرك، ما حدا معوّق غيرك وما حدا بحاجة للتعليم غيرك. رص قد ما بدّك شهادات، ماجستير؟ دكتوراه؟ ولك طز، كل هول الشهادات مش رح يخلّوك تنسى، وجعك عايش فيك. الحل مش إنّك تنسى، الحل إنّك تعرف كيف تعيش...

– إنت كيف صرت هيك قاسي؟

– تلميذك أستاذ... بقيت تقسى عليّي لحتّى صرت أقسى منّك. أنا رايح.

– لوين؟

– أنا متت، متت من زمان وإنت ما بتعرف... كتير عيطلّك لحتّى تفيّقني، بس إنت كنت غرقان بوجعك، عم تنبّش عليه بسْراج وفْتيلة متل اللي عم ينبّش على شي كنز. أنا فالل ومش راجع... دبّر حالك وشوف شو بدّك تعمل.

– لا... ما تفل... سليم!.... سليم! ما تفل.... سليم!! ابوس إيدك خلّيك، أنا رح إتغيّر... صدّقني رح إتغيّر... سليم! ليه ما عم بتردّ؟؟ سليم!

***

أيلول 2018

من الصعب أن تسعفك الحياة في تحمّل الآخر وطباعه وتصرّفاته وانقلاباته الفصليّة وفقًا لمزاجيّاته، فما بالك إن كان هذا الآخر هو أنت؟ ماذا لو كان من يسمّم حياتك هو أنت؟

أنا في كندا لكنّني أطالع الأشرفيّة من سطح بناية والدتي القديمة.

يؤرّقني التفكير في حياتي منذ لحظة ولادتي إلى هذه الثانية. وُلِدتُ لأبوين اجتمعت كلمتهما على الانتقام أحدهما من الآخر بي. عشتُ طفولتي في كنف امرأة ظننتُ أنّها جدّتي وتبيّن لي أنّها إنسانة غريبة عنّي. الفتاة الوحيدة التي أحببت تخلّت عنّي عندما عرفت تاريخ عائلتي. والدي، آه يا والدي، كم عذّبتني حقيقة أنّني أنتمي إليك.

لم أسمع عن والدتي منذ أشهر. قد تكون مشغولة بفتح عيادة جديدة أو بتقديم بحثٍ ينقلها من رتبة علميّة عالية إلى أخرى أعلى.

قبل يومين شاهدتُ لها حوارًا تلفزيونيًّا بوصفها أحد أقطاب المجتمع ومن أهم مئة امرأة في العالم في مجال طبّ الأسنان، وعندما سألتها المذيعة عن الدافع الذي تستعمله لتحقيق هذه الإنجازات العظيمة، أجابت مُتنطّعةً بلكنةٍ سرياليّة أرستقراطيّة مميّزة:

– شعوري بالآخر هو الحافز الدائم. أحاول تخفيف آلام مرضاي بأفضل الطرق وأرخصها وهذا هو هدفي في الحياة عمومًا لا فقط في مجال عملي.

«العمى شو كذّابة إنتِ يا إمّي».

قلتُ بصوتٍ عالٍ رغم وجودي وحيدًا في المنزل، ثمّ أغلقت التلفاز على الحوار وعلى والدتي إلى الأبد.

أمّا فادي فقد رفضني والتمستُ له عذرًا. هل دمّرت باتريسيا حياته كما قال؟ لكن كيف؟

سأقولها بشفافيّة. الأمر لا يعنيني...

***

تُوفي والدي في دبي في مطلع شهر آب من عام 2018. سافرتُ إلى لندن ووقفتُ في جنازته لأصافح المعزّين. هل حزنتُ عليه؟ لا أعلم.

تقرّبت والدتي منّي. مدّت يدها لمؤازرة مصابي. نظرتُ إليها باستخفاف وقلت:

«بخاف إلقط فيروس». وغادرتُ المكان.

عشتُ ثلاثين سنة بلقب اليتيم. ويوم مات والدي شعرتُ أنّني حصدتُ هذا اللقب عن استحقاق.

الآن أنا يتيم فعلي...

سألتني ريتا عن سبب عدم بكائي والدي...

«بدّي إبكي على حدا مات من ثلاثين سنة؟»، أجبتها.

***

وطني يطالعني ولا يتفوّه بشيء. بيروت تلمّ علم لبنان وتحمل حقيبتها وترحل.

«ما ترجع... أنا مش قادرة إحميك ومش قادرة إحمي غيرك لأنّي مش قادرة إحمي حالي. فلّ. عيش حياتك بعيد عنّي. بتتذكّر كيف قلتلّك إنّي ما عندي شي قدّملك ياه؟ فكرك تغيّرت الإشيا؟ ما في شي تغيّر، أنا أنا وإنت إنت. بس تذكّر إنّي بحبّك. سامحني... مش ذنبي وبعرف مش ذنبك. أو يمكن ذنبي وذنبك. ذنبك إنّك كنت عم تنبّش عليّي، وذنبي إني غمرتك. يمكن كان لازم كون قاسية عليك وما إفتحلك الباب. سامحني»، قالت بيروت.

رفعتُ رأسي ورأيتُ الجبال العالية البعيدة من نافذة غرفتي. سمعتُ صدى صوت سليم، الطفل الذي سيبقى في مخيّلتي ابن التاسعة ولن يكبر أبدًا. كان صوته يسافر من تنّورين وجبالها الهرمة إلى بيروت وبحرها اليائس. يكتشف أنّه ليس في لبنان... يكتشف أنّه في بلدٍ باردٍ ما استطاع يومًا علاج خوفه منه فيعود من حيث أتى تائهًا في أودية تنّورين وعند كورنيش بيروت حيث يرسم الصيّادون بصنّاراتهم صورته المُتكسّرة في موج البحر الهادر.

سليم الصغير يبحث عنّي، أنا الذي لم يكبر.

جلستُ في سريري، كوّرتُ جسدي في رحمه وأطلقتُ روحي إلى البعيد الذي أشتاق. تركتُ صوتي يرمح في أودية لبنان وحقوله متشبّثًا بمئزر جدّتي وصيحات أخي.

أغمضتُ عينيّ،
ولم أفتحهما...
هذا أنا...
وهذه آخر حكاياتي،
حكاية الغلطة التي كنت.